Enid Blyton • Fünf Freunde auf neuen Abenteuern

OMNIBUS

Alle Bände auf einen Blick

Enid Blyton

Fünf Freunde

... erforschen die Schatzinsel (Band 1)
... auf neuen Abenteuern (Band 2)
... auf geheimnisvollen Spuren (Band 3)
... auf Schmugglerjagd (Band 4)
... beim Wanderzirkus (Band 5)
... auf der Felseninsel (Band 6)
... im Zeltlager (Band 7)
... geraten in Schwierigkeiten (Band 8)
... helfen ihren Kameraden (Band 9)
... auf großer Fahrt (Band 10)
... als Retter in der Not (Band 11)
... im Alten Turm (Band 12)
... jagen die Entführer (Band 13)
... verfolgen die Strandräuber (Band 14)
... wittern ein Geheimnis (Band 15)
... auf dem Leuchtturm (Band 16)
... im Nebel (Band 17)
... und das Burgverlies (Band 18)
... und ein Zigeunermädchen (Band 19)
... und der Zauberer Wu (Band 20)
... machen eine Entdeckung (Band 21)

Dieses Buch gehört:

DIE AUTORIN

Enid Blyton starb 1968 im Alter von 71 Jahren. Bereits zu Lebzeiten war sie eine der beliebtesten und bekanntesten englischen Autorinnen. Es gibt wohl kaum einen Schriftsteller, der größeren Einfluß auf das Kinderbuch der Nachkriegszeit hatte. Enid Blyton liebte die Kinder in aller Welt und schrieb für sie etwa 700 Bücher, 10000 Kurzgeschichten, viele Lieder, Gedichte und Theaterstücke. Ihre Bücher wurden in 30 Sprachen übersetzt.

Von Enid Blyton sind bei C. Bertelsmann bzw. OMNIBUS die folgenden Reihen erschienen: »Fünf Freunde«, »Fünf Freunde und Du«, »Die schwarze 7«, »Rätsel um...«, »Die verwegenen 4« und, als Sammelband, »Lissy im Internat«.

DIE SERIE

Wer kennt sie nicht, die weltberühmten fünf Freunde? Gemeinsam verbringen Anne, Georg, die eigentlich Georgina heißt, Richard, Julius und ihr Hund Tim die Ferien. Dabei gibt es immer einen aufregenden Fall zu lösen.

Seit Erscheinen des ersten Bandes im Jahr 1942 haben Millionen von begeisterten Lesern weltweit diese Abenteuer verschlungen und machten die »Fünf Freunde« zu Enid Blytons erfolgreichster Serie.

ÜBER DIESES BUCH

Ein halbes Jahr nach ihrem ersten gemeinsamen Abenteuer verbringen die fünf die Weihnachtsferien im Felsenhaus am Meer. Eigentlich sollte es ganz ruhig werden, sogar ein Hauslehrer war engagiert worden, doch dann entdecken sie eine alte Leinwandrolle, deren geheimnisvolle Zeichen ihnen Rätsel aufgeben. Und bevor sie wissen, wie ihnen geschieht, stecken die fünf in ernsthaften Schwierigkeiten.

Enid Blyton

Fünf Freunde auf neuen Abenteuern

OMNIBUS

OMNIBUS

Band 20275

Der Taschenbuchverlag
für Kinder und Jugendliche
von C. Bertelsmann,
München

Umwelthinweis:
Dieses Buch wurde auf chlorfrei gebleichtem Papier gedruckt.

Genehmigte Taschenbuchausgabe März 1997

Die Originalausgabe erschien 1942
unter dem Titel »Five go Adventuring Again«
bei Hodder & Stoughton Ltd., London

Aus dem Englischen von Dr. Werner Lincke
Innenillustrationen: Wolfgang Hennecke
Umschlagbild: © Hodder & Stoughton Ltd., London
Umschlagkonzeption: Klaus Renner
us · Herstellung: Stefan Hansen
Druck: Presse-Druck Augsburg
ISBN 3-570-20275-5
Printed in Germany

10 9 8 7 6 5 4 3 2 1

I

Weihnachtsferien

Die letzte Schulwoche war herangekommen, und alle Mädchen der Elisabethenschule freuten sich schon auf die Weihnachtsferien. Anne setzte sich an den Frühstückstisch und nahm sich einen Brief vor, den sie eben erhalten hatte.

»Schau«, sagte sie zu ihrer Kusine Georgina, die neben ihr saß. »Ein Brief von Vati – und ich hatte doch erst gestern einen von Mutti und ihm.«

»Hoffentlich keine schlechten Nachrichten«, sagte Georg. Das Mädchen erlaubte es niemandem, sie Georgina zu rufen, und jetzt nannten sie sogar die Lehrerinnen schon Georg. Sie wirkte auch wie ein Junge, mit ihrem kurzen, lockigen Haar und ihrem burschikosen Benehmen. Ängstlich beobachtete sie Anne beim Lesen des Briefes.

»Ach, Georg – wir können in den Ferien nicht nach Hause fahren«, sagte Anne mit Tränen in den Augen. »Mutti hat Scharlach, und Vati muß aus diesem Grund auch zu Hause bleiben. Aber wir dürfen nicht heim. Ist das nicht schrecklich?«

»Das tut mir aber wirklich leid«, sagte Georg. Sie war genauso enttäuscht wie Anne, denn Annes Mutter hatte Georg und ihren Hund Tim eingeladen, die Weihnachtsferien bei ihnen zu verbringen. Vieles war ihr versprochen worden, was sie niemals zuvor gesehen hatte – ein Weihnachtsspiel, der Besuch eines Zirkus, ein Familienfest unter einem schönen Weihnachtsbaum. Nun sollte aus allem nichts werden.

»Was werden nur die beiden Jungen sagen?« meinte Anne, die an ihre Brüder Julius und Richard dachte.

»Sag, was willst du denn nun in den Ferien machen?« fragte Georg. »Hast du Lust, zu mir zu kommen und im ›Felsenhaus‹ zu bleiben? Meine Mutter wird sich bestimmt freuen, dich wieder bei uns zu haben. Wir hatten in den letzten Sommerferien doch so viel Spaß.«

»Einen Augenblick, Georg – laß mich erst den Brief zu Ende lesen und sehen, was Vati meint«, sagte Anne und nahm den Brief wieder zur Hand. »Arme Mutti – hoffentlich geht's ihr nicht zu schlecht.«

Sie las weiter und stieß dann einen Freudenschrei aus. Georg und die anderen Mädchen warteten vor Ungeduld zappelnd auf den Grund ihres Jubels.

»Georg! Wir sollen wieder zu dir kommen, aber – o Graus! – wir bekommen einen Hauslehrer für die Ferien, teils, damit jemand da ist, der auf uns aufpaßt und deine Mutter entlastet, teils, weil Julius und Richard im Herbst zweimal Grippe hatten und ziemlich miese Noten haben.«

»Einen Hauslehrer! – Das ist ja das Letzte! Das bedeutet natürlich, daß ich auch Unterricht bekommen soll«, sagte Georg bestürzt. »Wenn meine Eltern mein Zeugnis sehen, heißt es büffeln. Ich bin ja schließlich auch das erstemal in einer richtigen Schule. Kein Wunder, daß es da noch nicht so richtig klappt.«

»Das werden scheußliche Ferien, wenn dauernd ein Hauslehrer hinter uns herläuft«, meinte auch Anne trübsinnig. »Mein Zeugnis wird zwar ganz gut ausfallen, aber es macht doch überhaupt keinen Spaß, wenn ihr drei dann in den Ferien lernen müßt und ich dauernd allein bin. Ich könnte allerdings mit Tim losgehen. Er wird doch kaum Unterricht nehmen müssen.«

»Doch«, sagte Georg sofort. Denn sie konnte den Gedanken nicht ertragen, daß ihr geliebter Hund Tim jeden Morgen mit Anne auf und davon gehen sollte, während sie selbst mit Julius und Richard beim Lernen schwitzen müßte.

»Red doch keinen Unsinn, Georg, Tim kann doch keinen Unterricht bekommen«, entgegnete Anne.

»Aber kann dabei sitzen, während ich büffle«, sagte Georg. »Ich mag's, wenn er bei mir ist. – Um Himmels willen, Anne, iß doch deine Würstchen endlich auf! Wir sind fast alle fertig. Es kann jede Minute klingeln, und du hast noch keinen Bissen gegessen.«

Anne sagte nur: »Ich bin so froh, daß Mutti nicht schwerkrank ist« und las den Brief eilig zu Ende. »Vati schreibt, daß er auch an Richard und Julius geschrieben hat, und an deinen Vater, ob er keinen Hauslehrer für uns weiß. So ein Mist! Das ist ja eine schöne Enttäuschung. Georg, jetzt sei bloß nicht eingeschnappt, ich freue mich natürlich sehr auf das ›Felsenhaus‹ und auf das Wiedersehen mit der Felseninsel – aber dort gibt es eben keine schönen Weihnachtsspiele, keinen tollen Zirkus und keine großen Familienfeste. Da ist so gar nichts los.«

Das Ende der Schulzeit rückte schnell heran. Anne und Georg packten ihre Koffer und genossen den Lärm und die Aufregung der beiden letzten Tage. Die großen Schulomnibusse fuhren vor, und die Mädchen kletterten hinein.

»Auf zum Felsenhaus«, sagte Anne. »Komm her, du alter Tim, du darfst zwischen Georg und mir sitzen.«

Die Elisabethenschule erlaubte jeder Schülerin, ein Tier zu halten, und Tim, Georgs großer Hund, hatte sich wirklich gut benommen. Bis auf das eine Mal, als er hinter dem Mann von der Müllabfuhr herlief, ihm den Müllkasten wegschnappte und das schwere Ding den ganzen Weg bis zur Schule und in Georgs Klassenzimmer schleppte.

»Sei froh, daß es keine Zeugnisse für Hunde gibt«, sagte Georg und drückte Tim an sich. »Jetzt geht es wieder nach Hause. – Freust du dich?«

»Wuff«, sagte Tim mit seiner tiefen Stimme und wedelte begeistert mit dem Schwanz.

Es dauerte nicht lange, bis die Schulbusse am Bahnhof angekommen waren und die Mädchen mit Tim im Zug nach der Station saßen, in deren Nähe das Felsenhaus lag.

»Ob die Jungen auch heute schon losgefahren sind?« überlegte Anne. »Dann hätten wir ja alle zusammen zum Felsenhaus fahren können. Das wäre ein Spaß gewesen!«

Aber Julius' und Richards Ferien hatten noch nicht angefangen. Die beiden sollten sich erst am nächsten Tag mit den Mädchen im Felsenhaus treffen. Anne freute sich sehr auf das Wiedersehen nach den langen Schulwochen. Aber sie freute sich auch, daß sie mit ihrer Kusine zusammen sein konnte. Alle drei hatten die Sommerferien bei Georg zuhause verbracht und einige aufregende Abenteuer auf der kleinen Insel in der Nähe des Strandes erlebt. Auf der Insel stand ein Schloß, in dessen Verlies die Kinder unwahrscheinliche Entdeckungen gemacht hatten.

»Das wird prima, wenn wir zur Felseninsel hinüberfahren«, sagte Anne, während der Zug westwärts fuhr.

»Das wird wohl nicht möglich sein«, sagte Georg. »Die See um die Insel ist im Winter sehr rauh. Es wär' zu gefährlich, in dem Felsengewirr herumzurudern.«

»Och, schade«, sagte Anne enttäuscht. »Damit ist's also auch Essig. Und dabei hab' ich mich schon auf weitere Abenteuer dort gefreut.«

»Im Winter gibt es keine Abenteuer bei uns«, sagte Georg. »Es ist kalt da unten – und manchmal werden wir sogar eingeschneit – dann können wir noch nicht einmal ins Dorf hinuntergehen, weil der Seewind die Schneewehen so hoch auftürmt.«

»Na toll, das hört sich ja unheimlich aufregend an«, maulte Anne.

»Genau, das ist wirklich nichts Besonderes«, meinte Georg. »Es ist nur furchtbar langweilig, nichts tun zu können, den ganzen Tag in der Stube zu sitzen oder Schnee wegzuschippen.«

Den Mädchen dauerte es viel zu lange, bis der Zug die Station erreichte. Aber schließlich fuhr er langsam in den Bahnhof ein und hielt an dem kleinen Bahnsteig. Die beiden Mädchen sprangen hinaus und sahen sich um, ob jemand erschienen war, sie abzuholen. Ja – dort stand Georgs Mutter.

»Hallo, Georg, mein Liebling! Guten Tag, Anne«, sagte sie und umarmte die beiden Kinder. »Anne, es tut mir leid, daß deine Mutter krank ist. Aber du kannst beruhigt sein, es ist weiter nichts Schlimmes.«

»Oh, gut!« sagte Anne erleichtert. »Danke, Tante Fanny, daß wir herkommen dürfen. Aber was sagt Onkel Quentin? Wird er nicht böse, wenn im Winter vier Kinder im Hause sind? Wir werden ihm doch nicht so gut wie im Sommer aus dem Wege gehen können. Wahrscheinlich gehen wir ihm ganz schön auf die Nerven.«

Georgs Vater war Gelehrter. Er hatte wenig Geduld mit Kindern, und in den Sommerferien hatten die vier Kinder manchmal Angst vor ihm gehabt.

»Na ja, das werden wir schon irgendwie hinkriegen. Onkel Quentin arbeitet noch immer an seinem Buch«, sagte Tante Fanny. »Ihr müßt eben ein bißchen Rücksicht nehmen. Weißt du, er hat eine geheime Theorie in dem Buch niedergelegt. Nach Abschluß der Arbeit soll die Sache der Regierung vorgelegt werden, es ist also sehr wichtig, verstehst du?«

»Klar, Tante Fanny. Das klingt sehr aufregend«, sagte Anne. »Was ist das für eine geheime Theorie?«

»Das kann ich dir nicht sagen, Kleines«, sagte die Tante lachend. »Ich kenne sie ja selbst nicht. – Steigt jetzt ein, es ist kalt hier draußen. Tim sieht recht wohlgenährt aus, Georg.«

»Kunststück, ihm ist es auch sehr gut gegangen, und er hat sich prächtig unterhalten«, sagte Georg. »Wirklich. Er hat der alten Köchin die Pantoffeln zernagt...«

»Und hat die Katze jedesmal, wenn sie sich im Stall blikken ließ, verjagt!« rief Anne.

»Und einmal gelang es ihm, sich in die Speisekammer zu schleichen und eine ganze Portion Fleisch aufzufressen«, ergänzte Georg, »und einmal...«

»Ach, du liebe Güte, Georg, ich fürchte, die Schule wird es ablehnen, daß du Tim wieder mitbringst«, sagte ihre Mutter voll Entsetzen. »Mußte er dann nachsitzen oder so was?«

»N-nein«, sagte Georg kleinlaut und wurde rot. »Weißt du, Mutti – es ist so: Wir sind selbst für unsere Tiere verantwortlich. Wenn Georg etwas anstellt, dann werde *ich* dafür bestraft, weil ich nicht genügend auf ihn aufgepaßt habe.«

»Na, dann dürftest du ja eine Reihe von Strafen hinter dir haben«, sagte ihre Mutter, während sie den kleinen Pferdewagen die vereiste Straße entlang lenkte. »Ich halte das übrigens für eine ausgezeichnete Idee. Ich werde das auch hier einführen.«

Die Mädel lachten. Sie waren glücklich und aufgeregt.

Wie schön war es, ins Felsenhaus zurückzukehren. Morgen würden die Jungen kommen und dann – Weihnachten!

»Gutes, altes Felsenhaus«, sagte Anne, als sie das Haus ihrer Tante erblickte. »Und die Felseninsel!« Die beiden Mädchen schauten aufs Meer hinaus, aus dem die kleine Insel mit dem alten, zerfallenen Schloß herausragte, und beide dachten an die Abenteuer und Erlebnisse des vergangenen Sommers.

Die Mädchen gingen ins Haus. »Quentin!« rief Georgs Mutter. »Quentin! Die Mädel sind angekommen!«

Onkel Quentin erschien unter der Tür seines Arbeitszimmers. Auf Anne wirkte er noch größer und finsterer als früher. Onkel Quentin mochte sehr gescheit sein, aber sie mochte lieber jemanden, der fröhlich war und lächeln konnte – wie ihr Vater, zum Beispiel. Sie gab Onkel Quentin schüchtern die Hand und sah zu, wie Georg ihm um den Hals fiel.

»Schön, daß ihr da seid«, sagte Onkel Quentin. »Ich habe einen Hauslehrer für euch, wenigstens für die Jungen. Ich setze voraus, daß ihr euch anständig benehmt und ihn nicht ärgert.«

Das klang nicht sehr verheißungsvoll, und die beiden Mädchen atmeten erleichtert auf, als sich Onkel Quentin wieder in sein Studierzimmer zurückgezogen hatte.

»Dein Vater hat in letzter Zeit zuviel gearbeitet«, sagte Georgs Mutter. »Er ist übermüdet. Gott sei Dank ist er jetzt so gut wie fertig mit seiner Arbeit. Ursprünglich wollte er es bis Weihnachten geschafft haben, dann hätte er über die Feiertage etwas mit euch unternehmen können, aber gestern erklärte er, daß es doch nicht möglich ist.«

»Wie schade«, sagte Anne höflich. Insgeheim aber war sie heilfroh. In Onkel Quentins Gesellschaft würde es be-

stimmt nicht besonders lustig zugehen. »Oh, Tante Fanny«, fuhr sie fort, »ich kann es kaum abwarten, bis Julius und Richard hier sind, ich hab' sie schon eine Ewigkeit nicht mehr gesehen. – Tante Fanny stell dir vor, niemand in der Schule nennt Georg ›Georgina‹, nicht einmal die Lehrer. – Sag, Georg, dir hat es in unserer Schule doch gefallen?«

»Ja«, antwortete Georg, »es war schön. Zuerst hab' ich gedacht, ich halt's mit all diesen Mädchen nicht aus. Sie sind mir mächtig auf den Geist gegangen. Aber jetzt macht es mir doch Spaß. Nur, Mutti, fürchte ich, daß mein Zeugnis nicht sehr gut ausgefallen ist. In vielen Fächern bin ich schlecht, weil ich sie noch nie gehabt hab'.«

»Mach dir deswegen keine Sorgen«, sagte ihre Mutter. »Ich werde es Vater schon erklären, falls er sich darüber aufregen sollte. Beeilt euch jetzt und macht euch zum Tee fertig. Ihr werdet sicher beide sehr hungrig sein.«

Die Mädchen gingen nach oben in ihr kleines Zimmer. »Ich bin richtig froh, daß ich in den Ferien nicht allein bin«, sagte Georg. »Es ist viel lustiger, seit ich dich und deine Brüder kenne. – He, Tim, wo steckst du denn?«

»Er ist verschwunden und schnuppert im ganzen Haus herum, um sich zu vergewissern, daß es auch sein richtiges Zuhause ist«, sagte Anne lachend. »Er will wissen, ob die Küche noch genauso riecht – und das Badezimmer – und sein Korb. Der Ferienbeginn ist für ihn sicherlich genauso aufregend wie für uns.«

Anne hatte recht. Tim freute sich riesig, wieder zu Hause zu sein. Er rannte um Tante Fanny herum, folgte ihr bei jedem Schritt und sprang ab und zu an ihr hoch und fuhr ihr mit der Zunge rasch einmal über die Hand. Er lief in die Küche, kam aber bald wieder heraus, weil er dort jemand ganz Fremdes antraf – Johanna, die Köchin, eine dicke, kurzatmige Person, die ihn mißtrauisch beäugte.

»Einmal am Tag darfst du in die Küche kommen und dir dein Fressen holen«, sagte sie. »Und dann ist Schluß. Ich habe es nicht gern, wenn Fleisch, Würstchen und Hühner vor meiner Nase verschwinden. Ich weiß, wie Hunde sind – aber nicht mit mir!«

Tim rannte in die Spülküche und schnüffelte auch dort überall herum. Dann lief er ins Eß- und ins Wohnzimmer und war höchst befriedigt, daß dort alles noch genauso wie früher roch. Er legte seine Schnauze an die Studierzimmertür, hinter der Onkel Quentin arbeitete, und schnüffelte sehr vorsichtig. Er wollte durchaus nicht hineingehen, o nein! Tim nahm sich vor Georgs Vater genauso in acht wie die anderen.

Er lief wieder nach oben in das Schlafzimmer der beiden Mädchen. Wo war nur sein Korb? – Ah, da, an der Fensterecke. Fein! Das bedeutete, daß er wieder mit den Mädchen zusammen im Schlafzimmer schlafen durfte. Er rollte sich in seinem Korb zusammen und klopfte laut mit dem Schwanz auf den Boden.

›Ich bin so froh, daß ich wieder hier bin‹, schien dies Klopfen besagen zu wollen, ›Ja, – so – froh – so – froh.‹

II

Ein fröhliches Wiedersehen

Am nächsten Morgen wurden die Jungen erwartet. Anne, Georg und Tim holten sie ab. Georg lenkte den Pferdewagen, und Tim saß neben ihr. Anne konnte es kaum erwarten, bis der Zug im Bahnhof hielt. Sie lief den Bahnsteig entlang und suchte die Wagen nach Julius und Richard ab. Dann entdeckte sie die beiden. Sie schauten aus dem Fenster eines Wagens am Ende des Zuges und winkten und riefen.

»Anne! Hier sind wir! Hallo, Georg!«

»Julius – Richard –!« rief Anne. Tim bellte und sprang aufgeregt umher.

»Mensch, Julius, altes Haus! Prima, euch wiederzusehen!« schrie Anne und umarmte ihre beiden Brüder. Tim sprang an ihnen hoch und leckte abwechselnd einem nach dem anderen übers Gesicht. Er war ganz außer sich vor Freude.

Die drei Geschwister standen glückstrahlend zusammen und redeten alle gleichzeitig aufeinander ein. Plötzlich fiel Anne auf, daß Georg verschwunden war.

»Wo ist denn unser alter Georg?« fragte Julius. »Ich hab' sie doch vorhin vom Zug aus gesehen.«

»Sie ist sicher zum Pferdewagen zurückgegangen«, sagte Anne. »Schnappt euer Gepäck, wir wollen Georg suchen!«

Georg stand neben dem Wagen und streichelte dem

2

Pony den Kopf. ›Sie sieht so traurig aus‹, dachte Anne. Die Jungen stürmten auf sie zu.

»Hallo, Georg! Alte Nudel!« schrie Julius und drückte sie an sich. Richard schlug ihr zur Begrüßung kräftig auf die Schulter.

»Was ist los?« fragte Anne, die sich über Georgs plötzliches Schweigen wunderte.

»Ich glaube, Georg ist beleidigt«, sagte Julius grinsend. »Komische alte Georgina.«

»Nenn mich bloß nicht Georgina!« fauchte das Mädchen zornig. Die Jungen lachten.

»So ist's richtig! Immer noch der alte, grimmige Georg«, sagte Richard und gab ihr noch einen freundschaftlichen Klaps auf die Schulter. »Ach, Georg, es ist einfach super, daß wir wieder da sind! Erinnerst du dich noch an unsere tollen Abenteuer im Sommer?!«

Georg wurde allmählich etwas munterer und zugänglicher. Sie hatte sich tatsächlich ausgeschlossen gefühlt, als sie das herzliche Willkommen sah, das die beiden Jungen ihrer kleinen Schwester bereiteten – aber niemand konnte lange auf Julius und Richard böse sein.

Die vier Kinder kletterten auf den Wagen und verstauten das Gepäck. Der Platz reichte gerade für alle. Tim saß oben auf dem Gepäck, wedelte mit dem Schwanz, ließ die Zunge heraushängen und keuchte vor Freude und Erregung.

»Ihr Mädel habt doch unverschämtes Glück, daß ihr Tim ins Internat mitnehmen dürft«, sagte Richard und tätschelte liebevoll den großen Hund. »In unsere Schule darf man keine Tiere mitbringen. Das find' ich gemein!«

»Thomas Klein hielt sich weiße Mäuse«, erzählte Julius. »Aber eines Tages rissen sie aus, huschten über den Gang, gerade als unsere Internatsleiterin vorbeikam. Sie hat vor

Schreck so laut geschrien, daß beinahe das ganze Haus zusammenfiel.«

Die Mädchen lachten. Die Jungen wußten immer so lustige Geschichten zu erzählen, wenn sie nach Hause kamen.

»Und Konrad hatte Schnecken«, sagte Richard. »Ihr wißt ja, daß die Schnecken im Winter schlafen – aber Konrad hatte sie an einen viel zu warmen Platz gestellt. Sie krochen alle aus der Schachtel und kletterten die Wände hoch. Wir haben uns fast totgelacht, als unser Erdkundelehrer Thomas fragte, wo Kapstadt liegt – eine Schnecke hatte es sich ausgerechnet auf diesem Punkt der Landkarte bequem gemacht!«

Alle lachten wieder. Wie schön war es doch, endlich wieder zusammen zu sein. Sie waren ungefähr gleichaltrig – Julius war zwölf, Georg und Richard elf und Anne zehn Jahre alt. Die Ferien und Weihnachten lagen vor ihnen. Kein Wunder, daß sie über alles, auch über den dümmsten Witz, begeistert lachten!

»Ich bin froh, daß es unserer Mutti wieder besser geht«, sagte Richard, während das Pony die Straße entlangtrottete. »Ich gebe zu, daß ich zuerst sehr enttäuscht war, weil wir nicht nach Hause kommen können. Ich hätte mir so gern das Märchenspiel ›Aladin und die Wunderlampe‹ und auch den Zirkus angesehen. Aber es ist auch sehr schön, wieder im Felsenhaus zu sein. Ich wollte nur, wir könnten noch mehr so spannende Abenteuer erleben wie im Sommer. Allerdings fürchte ich, daß dazu diesmal nicht viel Gelegenheit sein wird.«

»Die Ferien haben nur *einen* Haken«, meinte Julius, »und das ist der Hauslehrer.« »Ja«, sagte Anne. »Ich bin gespannt, was das für einer ist. Hoffentlich versteht er auch Spaß.« Julius und Richard verzogen die Gesichter. Sie waren davon überzeugt, daß jeder Hauslehrer, der von Onkel Quentin ausgesucht wurde, alles andere als ein »feiner Kerl« war. Nur ein strenger, trübsinniger Pauker würde Onkel Quentins Vorstellungen von einem Hauslehrer entsprechen.

Nun, wenn schon! Zunächst hatten sie noch ein bis zwei Tage Galgenfrist. Die Jungen kraulten Tims Fell. Der hatte es gut – der brauchte sich keine Gedanken um Hauslehrer und Zeugnisse zu machen. Glücklicher Tim!

Nach kurzer Zeit kamen sie am Felsenhaus an. Die Jungen freuten sich sehr, ihre Tante wiederzusehen, und waren erleichtert, als sie hörten, daß Onkel Quentin nicht zu Hause war: »Er ist fortgegangen, um sich die zwei oder drei Lehrer anzusehen, die sich auf seine Anzeige hin gemeldet haben«, erklärte sie. »Er wird wohl bald zurück sein.«

»Mutti, ich brauche doch keinen Unterricht zu nehmen, oder?« fragte Georg. Bisher hatte noch niemand etwas davon zu ihr gesagt, und sie wollte über diesen Punkt Klarheit haben.

»Oh, doch, Georg«, sagte die Mutter. »Dein Vater hat dein Zeugnis gesehen. Obwohl es nicht gerade schlecht ist und wir keine hervorragenden Noten erwartet haben, werden dir in ein paar Fächern ein paar Nachhilfestunden guttun.«

Georgs Gesicht verdüsterte sich. »Anne ist die einzige, die keine Nachhilfestunden braucht«, maulte sie.

»Ich werde auch arbeiten«, versprach Anne. »Vielleicht nicht immer, Georg – wenn es draußen schön ist, zum Beispiel –, aber meistens, um dir Gesellschaft zu leisten.«

»Vielen Dank«, sagte Georg schnippisch. »Aber meinetwegen brauchst du keine Opfer bringen. Ich werde jedenfalls Tim bei mir behalten.«

Georgs Mutter äußerte Zweifel. »Na, wir werden erst

mal sehen, wie der Lehrer darüber denkt«, sagte sie schließlich.

»Mutter! Wenn der sagt, daß Tim nicht bei mir bleiben darf, kann er was erleben. Ich mach' keinen Strich!«

Ihre Mutter lachte. »Na, na, jetzt warte doch erst mal ab«, sagte sie, und dann: »Julius, Richard, geht jetzt und wascht eure Hände. Und kämmt euch! Ihr habt anscheinend den ganzen Schmutz der Eisenbahn mitgeschleppt.«

Die Mädchen und Tim gingen mit nach oben. Es machte soviel Spaß, wieder zu fünft beisammen zu sein. –

Zu fünft, denn Tim gehörte dazu. Er begleitete sie überall hin und schien tatsächlich jedes Wort zu verstehen, das sie sagten.

»Ich bin jetzt wirklich gespannt, was für einen komischen Hauslehrer Onkel Quentin für uns aussuchen wird«, fing Richard wieder an, während er sich die Nägel schrubbte. »Wenn er nur den richtigen findet – einen, der lustig ist und Spaß versteht und der weiß, daß Nachhilfestunden in den Ferien scheußlich sind – und der versucht, das dadurch wiedergutzumachen, daß er außerhalb des Unterrichts ein prima Kerl ist. Ich fürchte, wir müssen jeden Morgen lernen.«

»Beeil dich, Richard, ich hab' Hunger«, unterbrach ihn Julius. »Los! Komm endlich! Einzelheiten über das Ferienekel von Hauslehrer erfahren wir noch früh genug.«

Sie gingen gemeinsam hinunter und setzten sich an den Kaffeetisch. Die Köchin Johanna hatte einen ganzen Berg Korinthenbrötchen und einen Riesenkuchen gebacken. Von beiden war nicht mehr viel übrig, als die Kinder vom Tisch aufstanden.

Onkel Quentin kehrte zurück, als sie gerade mit Teetrinken fertig waren. Er schien mit sich selbst zufrieden zu sein. Er begrüßte die beiden Jungen und wußte offensichtlich nicht, was er sonst noch reden sollte. In Gedanken schien er schon wieder bei seiner Arbeit zu sein.

»Hast du einen Hauslehrer für uns?« begann Anne, die merkte, daß die anderen vor Spannung schier platzten.

»Ach ja, richtig, ich habe einen«, sagte Onkel Quentin. Er setzte sich an den Tisch, und Tante Fanny schenkte ihm Kaffee ein. »Ich sprach mit drei Bewerbern und hätte mich beinahe schon für einen von ihnen entschieden, als in letzter Minute noch ein Mann kam. Er sagte, er habe gerade erst die Anzeige gelesen und hoffe, daß es noch nicht zu spät sei.«

»Und ihn hast du genommen?« fragte Richard.

»Ja«, sagte Onkel Quentin. »Er machte auf mich einen sehr klugen, gewandten Eindruck. Er hatte sogar von mir und meiner Arbeit gehört. Außerdem hat er gute Empfehlungsbriefe.«

»Und? Hast du ihn gebeten herzukommen?« fragte Tante Fanny.

»Natürlich«, sagte Onkel Quentin. »Er ist viel älter als die anderen Bewerber – das waren ziemlich junge Burschen –, er machte einen sehr zuverlässigen Eindruck. Er wird dir bestimmt gefallen, Fanny. Er paßt gut hierher, und ich kann mich abends mit ihm unterhalten.«

Für die Kinder allerdings hörten sich diese Mitteilungen eher beunruhigend an. Onkel Quentin wandte sich ihnen lächelnd zu und sagte:

»Herr Roland wird euch gefallen. Er versteht, mit Kindern umzugehen – er weiß, daß er energisch sein muß, und er wird dafür sorgen, daß ihr am Ende der Ferien mehr wißt als am Anfang.«

Das klang noch grauenhafter. Alle vier wünschten von ganzem Herzen, daß Tante Fanny – und nicht Onkel Quentin – den Hauslehrer ausgesucht hätte.

»Wann kommt er?« fragte Georg.

»Morgen«, antwortete ihr Vater. »Ihr könnt ihn von der Bahn abholen. Das wäre eine nette Begrüßung.«

»Wir wollten eigentlich mit dem Bus wegfahren und ein paar Weihnachtseinkäufe machen«, wagte Julius einzuwenden, der Annes enttäuschtes Gesicht sah.

»Das geht nicht«, sagte Onkel Quentin barsch. »Es ist selbstverständlich, daß ihr ihn abholt. Ich habe es ihm bereits gesagt. Ich erwarte von euch, daß ihr euch anständig benehmt und fleißig arbeitet. Euer Vater gibt für diese Nachhilfestunden sehr viel Geld aus. Ich zahle ein Drittel, weil auch Georg daran teilnehmen wird – also streng dich an, Georg.«

»Ich will's versuchen«, sagte Georg. »Wenn er nett ist, tu' ich auch was.«

»Ob du ihn nett findest oder nicht, spielt überhaupt keine Rolle, außerdem ist er nett«, sagte ihr Vater streng. »Er kommt mit dem Zehn-Uhr-Zug. Seid pünktlich, bitte!«

»Hoffentlich ist er kein Ekel«, seufzte Richard am Abend, als alle fünf für eine Minute unter sich waren. »Die ganzen Ferien sind verpfuscht, wenn wir dauernd jemand um uns herum haben. – Hoffentlich verträgt er sich mit Tim.«

Georg warf den Kopf zurück. »Sich mit Tim vertragen?« fragte sie entrüstet. »Aber das ist doch selbstverständlich! Das geht doch gar nicht anders.«

»Du vergißt, daß dein Vater im vorigen Sommer Tim auch nicht besonders gern mochte«, sagte Richard. »*Ich* verstehe ja auch nicht, wie man Tim nicht gern haben kann – aber du weißt ja, es gibt Leute, die Hunde nicht leiden können.«

»Wenn dieser Herr Roland Tim nicht ausstehen kann,

dann werde ich keinen einzigen Strich für ihn arbeiten«, erklärte Georg, »keinen einzigen Strich!«

»Reg dich bloß nicht jetzt schon auf, wird schon nicht so schlimm werden«, sagte Richard lachend. »Aber – das kann ich euch verraten – wenn Herr Roland es wagen sollte, gegen Tim ekelig zu sein, dann kann er was erleben!«

III

Der neue Hauslehrer

Am nächsten Morgen schien die Sonne. Die Seenebel, die den Himmel während der letzten Tage verhängt hatten, waren verschwunden, und die Felseninsel lag klar und steil am Eingang der Felsenbucht. Die Kinder blickten sehnsüchtig zu dem verfallenen Schloß auf der Insel hinüber.

»Wenn wir nur da hinüber könnten«, sagte Richard. »Georg, das Meer sieht doch ganz ruhig aus.«

»Aber bei der Insel ist es wild und aufgewühlt«, sagte Georg. »Das ist immer so in dieser Jahreszeit. Mutter würde uns bestimmt nicht gehen lassen.«

»Es ist eine tolle Insel, und sie gehört uns ganz allein«, schwärmte Anne. »Du hast gesagt, daß du sie für immer und ewig mit uns teilen willst, stimmt's, Georg?«

»Klar«, antwortete Georg. »Und ich halte mein Versprechen auch – samt Burgverlies und all den anderen Dingen. Kommt jetzt, wir müssen den Wagen herausholen und anspannen. Wenn wir die ganze Zeit hier stehen und zur Insel hinüberstarren, kommen wir sicher zu spät zum Bahnhof, und dann gibt's Zoff.«

Sie spannten das Pony an und fuhren los. Die Felseninsel verschwand hinter den Klippen, als sie landeinwärts dem Bahnhof näher kamen.

»Hat alles Land hier herum einmal deiner Familie gehört?« fragte Julius.

»Ja – alles«, erwiderte Georg. »Jetzt gehört uns nichts mehr – außer der Felseninsel, unserem eigenen Haus und dem Bauernhof dort drüben – dem Felsenhof.«

Sie deutete mit der Peitsche hinüber. Hinter der mit Heidekraut bestandenen Dorfwiese entdeckten die Kinder ein altes Bauernhaus.

»Wer wohnt denn da?« fragte Julius.

»Nur ein alter Bauer mit seiner Frau«, antwortete Georg. »Beide waren immer sehr nett zu mir, als ich noch allein war. Wir können ja mal hinübergehen, wenn ihr Lust habt. Mutter sagt, daß sie nicht genug aus dem Hof herauswirtschaften, deshalb vermieten sie im Sommer Zimmer an Feriengäste.«

»Horcht! – Der Zug muß schon im Tunnel sein, eben hat er gepfiffen«, sagte Julius plötzlich. »Um Himmels willen, jetzt aber schnell, Georg, sonst kommen wir zu spät!«

Unruhig sahen die vier, wie der Zug aus dem Tunnel kam und langsam in den Bahnhof einfuhr. Das Pony trabte in kurzem Galopp dahin. Es konnte gerade noch klappen!

»Wer geht auf den Bahnsteig, um ihn abzuholen?« fragte Georg, als sie vor dem Bahnhof hielten. »Ich nicht – ich muß auf Tim und das Pony aufpassen.«

»Und ich will auch nicht«, erklärte Anne. »Ich bleib hier bei Georg.«

»Gut, dann werden *wir* uns eben opfern«, sagte Julius und packte Richard am Arm. Der Zug hielt gerade, als sie auf den Bahnsteig kamen.

Es stiegen nur wenige Fahrgäste aus. Eine Frau kletterte mit einem Korb mühsam aus einem Wagen. Ein junger Bursche sprang heraus, der Sohn des Dorfbäckers. Ein alter Mann stieg langsam und auf einen Stock gestützt die Wagenstufen hinunter. Keiner von ihnen konnte der neue Lehrer sein.

Doch – ganz am Anfang des Zuges – stieg ein etwas seltsam wirkender Mann aus. Er war klein und stämmig und trug einen Seemannsbart. Er blickte nach rechts und nach links und winkte dann dem Gepäckträger.

»Das muß Herr Roland sein«, sagte Julius zu Richard. »Komm, wir fragen ihn.«

Die Jungen gingen auf den Mann mit dem Bart zu. »Entschuldigen Sie bitte, sind Sie vielleicht Herr Roland?« fragte Julius.

»Ja«, sagte der Mann. »Und ihr seid Julius und Richard – stimmt's?«

»Ja«, antworteten die beiden gleichzeitig. »Wir haben den Pferdewagen draußen stehen.«

»Das ist fein«, sagte Herr Roland. Mit seinen hellen blauen Augen blickte er die Jungen lächelnd von oben bis unten an. Julius und Richard mochten ihn. Er schien nett zu sein und Spaß zu verstehen.

»Sind die beiden anderen auch hier?« fragte Herr Roland, während er den Bahnsteig entlang zum Ausgang ging.

»Ja – Georg und Anne sind draußen beim Wagen«, antwortete Julius.

»Georg und Anne?« wiederholte der neue Hauslehrer verblüfft. »Ich dachte, die beiden anderen sind Mädchen! Ich wußte gar nicht, daß noch ein dritter Junge da ist.«

»Nein, nein – Georg ist ein Mädchen«, sagte Richard lachend. »Sie heißt eigentlich Georgina...«

»Hübscher Name«, sagte Herr Roland.

»Georg ist da anderer Meinung«, klärte ihn Julius auf. »Sie reagiert nicht, wenn man sie Georgina nennt. Sagen Sie lieber ›Georg‹ zu ihr, Herr Roland.«

»So, so«, sagte Herr Roland kühl. Julius sah ihn schnell von der Seite an. *Doch* nicht so nett, wie er aussieht, dachte er.

»Tim ist auch mitgekommen«, sagte nun Richard.

»Aha – ist Tim ein Junge oder ein Mädchen?« erkundigte sich der neue Hauslehrer vorsichtig.

»Ein Hund«, sagte Richard grinsend.

Herr Roland blickte überrascht auf. »Ein Hund?« fragte er. »Ich wußte gar nicht, daß ihr auch einen Hund im Hause habt. Euer Onkel hat mir davon nichts gesagt.«

»Können Sie Hunde nicht leiden?« fragte Julius mißtrauisch.

»Nein«, sagte Herr Roland kurz. »Aber ich darf wohl annehmen, daß er mich in Ruhe lassen wird. – Ah, da sind ja die beiden kleinen Mädchen. Guten Tag, ihr beiden.«

Georg konnte es nicht ausstehen, »kleines Mädchen« genannt zu werden. Erstens war sie nicht klein, und zweitens wollte sie eben immer ein Junge sein. Sie sah Herrn Roland nur finster an und sagte gar nichts. Anne lächelte ihn an, und Herr Roland dachte, daß sie wesentlich netter als die andere sei.

»Tim – gib Herrn Roland Pfötchen«, sagte Julius. Das war eines von Tims besten Kunststücken. Er konnte sehr schön Pfötchen geben. Herr Roland blickte auf den großen Hund herab, und der Hund blickte aufmerksam zu Herrn Roland auf.

Und dann drehte Tim – betont langsam und verächtlich – Herrn Roland den Rücken zu und sprang auf den Pferdewagen. Sonst gab er immer jedem sofort Pfötchen, wenn es ihm befohlen wurde. Die Kinder schauten ihn voller Überraschung an.

»Tim – was fällt dir ein?« rief Richard. Aber Tim ließ die Ohren hängen und rührte sich nicht von der Stelle.

»Er hat nichts für Sie übrig«, stellte Georg fest und sah dabei Herrn Roland durchdringend an. »Aber – vielleicht mögen Sie Hunde nicht? Die spüren so etwas gleich.«

»Ganz recht«, bestätigte Herr Roland. »Ich kann Hunde nicht leiden. Als Junge bin ich einmal von einem Hund gebissen worden, und seitdem habe ich eine verständliche Abneigung gegen Hunde. Aber ich glaube, dieser Hund wird sich früher oder später schon an mich gewöhnen.«

Dann stiegen alle in den Pferdewagen. Es war ziemlich eng. Tim warf einen schrägen Blick auf Herrn Rolands Beine, zog die Lefzen hoch und knurrte leise. Anne lachte.

»Tim benimmt sich sonderbar«, sagte sie und blickte dabei zu dem neuen Lehrer auf. Dieser lächelte sie an. Seine Augen waren so blau wie die von Georg. Anne fand ihn nett. Er alberte mit Richard und Julius herum, während sie kutschierten, und auch die beiden Jungen hatten das Gefühl, daß Onkel Quentin vielleicht doch keine so schlechte Wahl getroffen hatte.

Nur Georg sagte keinen Ton. Sie merkte, daß der neue Lehrer eine Abneigung gegen Tim hatte, und sie weigerte sich, jemanden nett zu finden, der nicht auch sofort mit Tim Freundschaft schloß. Er ist ein kluger Hund, dachte sie. Er weiß, daß Herr Roland ihn nicht ausstehen kann, und deshalb gibt er nicht Pfötchen. *Ich* verstehe dich, mein guter, alter Tim. Ich würde auch niemandem die Hand geben, den ich nicht leiden kann.

Sie kamen im Felsenhaus an. Tante Fanny zeigte Herrn Roland sein Zimmer, und während er sich frisch machte, kam sie zu den Kindern herunter. »Nun, er macht doch einen sehr netten und lustigen Eindruck, oder?«

»Ich finde, daß er furchtbar alt ist«, sagte Julius. »Er muß mindestens vierzig sein. Und außerdem mag er keine Hunde!«

Tante Fanny lachte. »Kommt er euch so alt vor?« fragte sie. »Na – jedenfalls, ich glaube bestimmt, daß er sich mit euch vertragen wird. Und mit Tim auch.«

»Tante Fanny, wir werden doch nicht etwa schon vor Weihnachten Unterricht haben, oder?« fragte Julius ängstlich.

»Aber selbstverständlich«, sagte Tante Fanny. »Es ist noch fast eine Woche bis Weihnachten – bildet euch nicht etwa ein, daß wir Herrn Roland zum Nichtstun herbestellt haben.«

Die Kinder stöhnten. »Wir wollten einige Weihnachtseinkäufe machen«, sagte Anne.

»Das könnt ihr nachmittags tun«, antwortete Tante Fanny. »Ihr habt nur morgens Unterricht. Das wird keinem schaden.«

In diesem Augenblick kam der neue Hauslehrer die Treppe hinunter, und Tante Fanny führte ihn zu Onkel Quentin. Sie schien sehr erfreut, als sie wieder zurückkam.

»Herr Roland wird deinem Onkel gute Gesellschaft leisten«, sagte sie zu Julius. »Sie werden, glaub' ich, gut miteinander auskommen. Er scheint sehr viel von der Arbeit deines Onkels zu verstehen.«

»Dann wollen wir hoffen, daß er die meiste Zeit mit ihm verbringt«, murmelte Georg leise.

»Kommt, ich möchte nach draußen«, sagte Richard. »Es ist so schön. Heute morgen haben wir doch keinen Unterricht, nicht wahr, Tante Fanny?«

»Nein, nein«, sagte die Tante. »Erst morgen! Geht nur spazieren! Nutzt das schöne Wetter aus.«

»Wollen wir zum Felsenhof hinübergehen?« schlug Julius vor. »Da waren wir noch nie. Komm, Georg, zeig uns den Weg!«

»Das ist ein guter Gedanke«, sagte Georg. Sie pfiff Tim, der in großen Sätzen angesprungen kam. Alle fünf brachen auf, gingen die Landstraße entlang und bogen dann in den Weg ein, der über die Dorfwiese zu dem auf einem Hügel liegenden Bauernhof führte.

Nach einem längeren Marsch über die Wiese erreichten die Kinder das Bauernhaus. Georg öffnete das Hoftor und betrat den Hof. Sie hielt Tim am Kragen fest, weil zwei Hofhunde in der Nähe umherliefen.

Jemand kam mit schweren Schritten um die Scheunenecke herum. Es war ein alter Mann, den Georg mit großem Hallo begrüßte.

»Guten Tag, Herr Sanders. Wie geht es Ihnen?«

»Na, wenn das nicht Herr Georg ist...«, sagte der Alte mit breitem Grinsen. Georg lachte ebenfalls. Sie hatte es zu gerne, wenn man sie mit »Herr« anstatt mit »Fräulein« anredete.

»Das sind meine Vettern und meine Kusine!« rief Georg laut. Dann wandte sie sich an die anderen. »Er ist nämlich schwerhörig«, erklärte sie. »Ihr müßt schreien, wenn er euch hören soll.«

»Ich heiße Julius!« rief dieser ganz laut, und die anderen nannten ebenfalls ihre Namen. Der Bauer strahlte übers ganze Gesicht. »Kommt rein und sagt meiner Frau guten Tag«, sagte er. »Sie wird sich sehr freuen, euch alle zu sehen. Wir haben Herrn Georg schon gekannt, als sie noch ein Baby war, und wir kannten auch schon ihre Mutter, als diese noch ein Baby war, und wir haben auch die Oma gekannt.«

»Dann müssen Sie aber sehr, sehr alt sein«, sagte Anne.

Der Bauer sah auf sie nieder und lachte.

»So alt wie meine Zunge und ein bißchen älter als meine Zähne«, sagte er verschmitzt. »Kommt jetzt!«

Sie begaben sich alle zusammen in die große, warme Bauernküche, in der eine alte Frau geschäftig hin und her lief. Sie freute sich genauso wie ihr Mann über den Besuch der vier Kinder.

»Nun seht mal an«, sagte sie zur Begrüßung. »Ich habe dich ja seit Monaten nicht mehr gesehen, Georg. Ich habe gehört, daß du jetzt in eine richtige Schule gehst.«

»Ja«, sagte Georg, »aber in den Ferien bin ich zu Hause. Macht es etwas aus, wenn ich Tim loslasse? Er ist wirklich sehr brav.«

»Laß ihn ruhig laufen«, sagte die alte Frau. »Er wird sich mit Benno und Rex auf dem Hof schon vergnügen. – Was möchtet ihr denn trinken? Heiße Milch? Kakao? Und gestern habe ich Mürbekuchen gebacken, den müßt ihr auch versuchen.«

»Diese Woche hat meine Frau viel zu tun«, erläuterte der alte Bauer. »Sie kocht und backt allerlei gute Dinge. Wir sind nämlich Weihnachten nicht allein.«

»Bekommen Sie Besuch?« fragte Georg überrascht. Denn sie wußte, daß die alten Leute keine Kinder hatten. »Wer ist es denn? Jemand, den ich kenne?«

»Zwei Maler aus der Stadt«, sagte der Alte. »Sie haben geschrieben und gefragt, ob wir sie über Weihnachten für drei Wochen unterbringen könnten, sie wollten gut bezahlen. Deshalb ist meine Alte so fleißig wie eine Biene.«

»Maler, die richtige Bilder malen?« fragte Julius, der selbst gerne malte. »Ob ich wohl dann ab und zu vorbeikommen und mich mit ihnen unterhalten dürfte? Ich kann selber ganz gut malen! Vielleicht kann ich von ihnen was lernen.«

»Du kannst jederzeit kommen«, sagte Frau Sanders, während sie in einem großen Topf Kakao kochte. Dann richtete sie einen Teller voll köstlich aussehender Mürbekuchenstücke. Es dauerte nicht lange, und die Kinder saßen mit vollen Backen kauend am Tisch.

»Die beiden Maler werden sich hier ziemlich einsam fühlen – so weit draußen auf dem Land«, meinte Georg. »Ob sie wohl hier jemanden kennen?«

»Nein«, erwiderte die Frau. »Sie haben schon geschrieben, daß sie hier keine Menschenseele kennen. Aber das ist nun mal so – Künstler sind sonderbare Leute. Ich hab' schon einmal an Künstler vermietet. Ich glaube schon, daß die beiden sich hier wohlfühlen werden.«

»Etwas anderes ist auch gar nicht möglich«, warf der Alte dazwischen, »bei all den guten Dingen, die du für sie kochst und backst! – Jetzt muß ich raus und nach den Schafen sehen. Auf Wiedersehen miteinander! Kommt bald wieder und besucht uns.«

Der alte Bauer ging hinaus. Frau Sanders plauderte weiter mit den Kindern und hantierte dabei eifrig hier und da. Tim kam auch herein und machte es sich auf der Matte vor dem Herd bequem.

Plötzlich sah er eine graue getigerte Katze an der Wand entlangschleichen. Sie fürchtete sich vor dem fremden Hund und machte vor Angst einen Riesenbuckel. Tim gab ein wütendes »Wuff« von sich und sprang auf die Katze zu. Sie floh aus der Küche in die alte getäfelte Halle. Tim sauste ihr nach und dachte gar nicht daran, Georg, die ihn zurückhalten wollte, zu gehorchen.

Die Katze sprang auf die alte Großvater-Standuhr. Tim jagte mit heiserem Gebell hinter ihr her. Er warf sich gegen die polierte Wandtäfelung, und – da geschah etwas Unerwartetes! Die Täfelung verschwand, und in der alten Wand zeigte sich ein dunkles Loch. Georg, die Tim in die Halle gefolgt war, schrie vor Überraschung laut auf. »Seht nur! – Frau Sanders! – Kommt alle schnell her und schaut euch das bloß an!«

IV

Eine aufregende Entdeckung

Frau Sanders und die Kinder stürzten in die Halle, als sie Georgs aufgeregte Rufe vernahmen.

»Was ist los?« rief Julius. »Was ist passiert?«

»Tim rannte der Katze nach, hat sie verfehlt und knallte gegen die getäfelte Wand«, berichtete Georg, die vor Erregung kaum sprechen konnte. »Da hat sich plötzlich die Täfelung bewegt, und... und... da ist ein Loch in der Wand!«

»Das ist eine Geheimtür!« schrie Richard voller Begeisterung und steckte seinen Kopf in das Loch. »Donnerwetter! – Frau Sanders, haben Sie das gewußt?«

»O ja«, sagte die alte Frau. »Dieses Haus ist voll seltsamer Dinge. Ich muß sehr vorsichtig sein, wenn ich die Wand hier poliere, denn sie gleitet immer zurück, wenn ich zu stark reibe.«

»Was ist denn hinter dieser Tür?« wollte Julius wissen. Das Loch war gerade so groß, daß er seinen Kopf hindurchstecken konnte. Aber er sah nichts als pechschwarze Finsternis. Zwischen der Wand und der Täfelung war ein Zwischenraum von etwa zwanzig Zentimetern.

»Haben Sie vielleicht eine Taschenlampe, Frau Sanders?« rief Anne aufgeregt.

»Nein«, sagte die alte Frau. »Ihr könnt eine Kerze haben, wenn ihr wollt. Auf dem Kaminsims liegt eine.«

Anne eilte davon, um sie zu holen. Julius zündete sie an

und hielt sie in das Loch hinter der Täfelung. Die anderen drückten sich heran und wollten ebenfalls hineinsehen. »Nicht drängeln!« schimpfte Julius ungeduldig. »Einer nach dem anderen! Laßt mich erst einmal sehen.«

Er besah sich das Loch sehr sorgfältig, aber er entdeckte nichts – nur Steinwand und Dunkelheit. Er gab Richard die Kerze, und dann blickten alle anderen der Reihe nach in das Loch. Die alte Frau war in die Küche zurückgegangen. Die verschiebbare Wandtäfelung war für sie nichts Neues.

»Sie hat doch gesagt, dieses Haus ist voll von ähnlichen sonderbaren Dingen«, bemerkte Anne. »Was könnte das nur sein? Wir fragen sie gleich mal.«

Sie ließen die Täfelung wieder zurückgleiten und suchten die alte Frau auf. »Frau Sanders, was gibt es sonst noch Seltsames auf dem Felsenhof?« fragte Julius.

»Oben steht ein Schrank mit einer falschen Hinterwand«, gab Frau Sanders Auskunft. »Aber das ist nicht besonders aufregend, da steckt weiter nichts dahinter. – Und am Kamin liegt ein großer Stein, unter dem sich ein Versteck befindet. Ich glaube, in früheren Zeiten brauchten die Leute solche Plätze, um wertvolle Gegenstände zu verstecken.«

Die Kinder liefen zu dem Stein. An ihm war ein Eisenring befestigt, mit dessen Hilfe sie ihn leicht hochheben konnten. Darunter zeigte sich eine Höhlung, groß genug, um eine kleine Kiste aufzunehmen. Jetzt war die Höhlung natürlich leer. Aber es sah trotzdem aufregend aus.

»Wo ist der Schrank?« fragte Julius.

»Meine alten Beine sind zu müde, um die Treppen hinaufzusteigen«, sagte die Bäuerin. »Aber ihr könnt allein hinaufgehen. Oben ist es dann das zweite Zimmer rechts. Der Schrank steht der Tür gegenüber an der Wand. Öffnet die Tür und tastet am Boden entlang, bis ihr eine kleine Kerbe im Holz findet. Da müßt ihr fest draufdrücken, und die falsche Wand gleitet zur Seite.«

Die vier Kinder und Tim stürmten nach oben. Das war wirklich ein aufregender Morgen!

Sie fanden den Schrank und öffneten die Tür. Alle vier rutschten auf den Knien herum und betasteten den Schrankboden. Anne entdeckte als erste die Kerbe.

»Ich hab's!« schrie sie. Sie drückte mit ganzer Kraft dagegen, aber ihre kleinen Finger waren nicht stark genug, den Mechanismus der gleitenden Wand in Bewegung zu setzen. Julius mußte ihr helfen. Plötzlich quietschte es, und die Kinder sahen die falsche Wand zur Seite gleiten. Dahinter zeigte sich ein breiter Raum, in dem ein nicht zu dicker Mensch bequem Platz finden konnte.

»Ein super Versteck«, meinte Julius begeistert.

»Ich setz' mich rein, und ihr sollt mich einschließen«, sagte Richard. »Aber merkt euch, wie man wieder aufmacht.«

Er kletterte in den Raum. Julius schob die Hinterwand an den alten Platz zurück – und Richard war nicht mehr zu sehen.

»Es ist ein bißchen eng hier drin«, rief er, »und gräßlich dunkel. Laßt mich bloß schnell wieder raus!«

Die Kinder krochen der Reihe nach in das Versteck und ließen sich einschließen. Anne bekam vor Angst beinahe keine Luft mehr. Dann gingen sie wieder in die Küche zurück.

»Das ist ein wahnsinnig aufregender Schrank, Frau Sanders«, sagte Julius. «Wenn wir bloß auch in einem solchen Haus wohnen könnten – mit soviel Geheimnissen!«

»Dürfen wir wiederkommen und in dem Schrank spielen?« fragte Georg.

»Daraus wird wohl nichts werden, Herr Georg«, sagte Frau Sanders. »Das Zimmer, in dem der Schrank steht, wird für die beiden Gäste hergerichtet.«

»Och«, sagte Julius enttäuscht. »Werden Sie ihnen von dem Schrank erzählen?«

»Ich glaube kaum«, entgegnete die alte Frau. »Nur Kinder finden solche Dinge aufregend.«

»Wie komisch Erwachsene sind«, meinte Anne. »Ich bin davon überzeugt, daß ich mit hundert Jahren genauso aufgeregt wäre wie jetzt, wenn ich eine Geheimtür oder eine Falltüre zu sehen bekäme.«

»Mir geht es genauso«, sagte Richard und fügte hinzu: »Darf ich mir die Wand noch einmal ansehen, Frau Sanders? Ich nehme die Kerze mit.«

Richard wußte eigentlich nicht, warum er den Wunsch ausgesprochen hatte. Es war nur so ein Einfall von ihm. Die anderen wollten ihn nicht begleiten, weil außer der Steinwand wirklich nichts Besonderes hinter der Täfelung zu sehen war.

Richard nahm die Kerze und ging in die Halle. Er drückte am oberen Ende der Wand gegen die Füllung, und sie glitt zurück. Dann stellte er die Kerze in die Nische und untersuchte sie noch einmal. Nichts war zu sehen. Richard zog seinen Kopf wieder heraus und streckte statt dessen die Arme hinein. Neugierig tastete er die Höhlung ab. Vielleicht finde ich doch etwas, dachte er gerade, als seine Finger ein Loch in der Wand spürten.

»Merkwürdig«, murmelte Richard. »Warum soll ausgerechnet hier ein Loch sein?«

Er bohrte Daumen und Zeigefinger tiefer hinein und fühlte sorgfältig. Er spürte eine kleine Erhöhung in der Innenseite der Wand, eine Art Hühnerstange, und brachte es fertig, sie zu packen. Er drehte seine Finger hin und her, aber es geschah nichts. Dann faßte er fest zu und riß an dem Griff. Der Stein löste sich und kam vollständig heraus. Richard war so überrascht, daß er ihn losließ. Er fiel mit lautem Krach hinter die Wand. Das Gepolter ließ die anderen in die Halle eilen. »Was hast du wieder angestellt?« fragte Julius. »Hast du was kaputt gemacht?«

»Nein«, sagte Richard, und sein Gesicht wurde ganz rot vor Erregung. »Aber stellt euch vor – ich steck' meine Hand hier hinein und da merk' ich, daß in einem der Steine ein Loch ist und so was wie ein Griff. An dem hab' ich gezogen. Der Stein löste sich, und vor lauter Schreck hab' ich ihn fallenlassen. Und das war der Krach, den ihr gehört habt.«

»Donnerwetter!« sagte Julius und versuchte, Richard beiseite zu schieben. »Laß mich mal sehen.«

»Nein, Julius«, protestierte Richard und drängte ihn zurück. »Das ist jetzt *meine* Entdeckung. Warte, bis ich in dem Loch da drinnen etwas entdeckt habe. Es ist sehr schwierig dranzukommen.«

Die anderen warteten voller Ungeduld. Richard renkte sich fast den Arm aus, um in die Höhlung zu gelangen, hinter der der Stein gelegen hatte. Seine Finger tasteten den Boden entlang, und auf einmal berührten sie einen Gegenstand, der sich wie ein Buch anfühlte. Mit größter Vorsicht brachte er ihn ans Licht.

»Ein altes Buch«, sagte er.

»Ein Buch? Was für ein Buch?« fragte Anne fast flüsternd.

Sie blätterten vorsichtig in dem Buch. Die Seiten waren so trocken und brüchig, daß einige bei der Berührung zu Staub zerfielen.

»Es wird ein altes Rezeptbuch sein«, meinte Anne, die mit ihren scharfen Augen einige Worte der alten, verblichenen Handschrift entziffert hatte. »Wir wollen es Frau Sanders zeigen.«

Die Kinder trugen das Buch zu der Bäuerin. Die nahm das Buch in die Hand und besah es sich von allen Seiten, ohne eine Spur von Aufregung zu zeigen.

»Ja«, sagte sie, »es ist so – ein altes Rezeptbuch. Seht ihr den Namen auf dem Deckel? Amalie Maria Sanders – das muß meine Urgroßmutter gewesen sein. Sie war im ganzen Land für ihre Arzneien berühmt. Mehr weiß ich über sie nicht. Die Leute erzählen sich, daß sie jeden, ob Mensch oder Tier, heilen konnte, gleichgültig, an welcher Krankheit er litt.«

»Schade, daß man die Handschrift so schlecht lesen kann«, sagte Julius enttäuscht. »Das ganze Buch zerfällt gleich in Stücke. Es muß sehr alt sein.«

»Glaubst du, daß noch mehr in dem Versteck sein könnte?« fragte Anne. »Julius, schau du doch noch mal nach, du hast längere Arme als Richard.«

»Es scheint weiter nichts darin zu sein«, meinte Richard. »Der Raum dort ist nur klein.«

»Na, dann will ich mal mein Glück versuchen und noch mal nachsehen«, sagte Julius.

Sie gingen alle wieder gemeinsam in die Halle zurück. Julius streckte seinen Arm in die Öffnung und betastete mit den Fingern den Boden, in der Hoffnung, noch etwas zu finden.

Und da lag tatsächlich noch etwas drin, etwas Weiches und Flaches. Es fühlte sich wie Leder an. Die Finger des Jungen schlossen sich fest um den Gegenstand. Dann zog er ihn langsam und vorsichtig heraus, voller Angst, er könne vor Alter zerfallen.

»Ich habe etwas gefunden«, sagte er hastig. »Seht her – was mag das nur sein?«

Die anderen drängten sich um ihn. »Es sieht wie Vatis Tabaksbeutel aus«, sagte Anne, nachdem sie das weiche Leder befühlt hatte. »Er hat dieselbe Form. Ist etwas drin?«

Tatsächlich – es war ein alter Tabaksbeutel, ganz dunkelbraun, aus feinem Leder und schon stark abgenutzt. Julius öffnete ihn vorsichtig und rollte das Leder auseinander.

Einige Tabakreste waren im Beutel zurückgeblieben – aber es befand sich noch etwas anderes darin. In einer Ecke des Beutels lag ganz verknautscht ein Stück zusammengerollter Stoff. Julius nahm es heraus und faltete es auseinander. Dann breitete er es auf dem großen Tisch in der Halle aus.

Die Kinder starrten das Ding an. Auf dem Stoff waren Zeichen und Linien in schwarzer Tinte aufgemalt, die trotz des Alters kaum verblichen waren. Aber die vier Kinder konnten aus den Zeichen nicht klug werden.

»Es ist eine Landkarte, das steht fest«, sagte Julius. »Scheint eine Art Geheimschlüssel zu sein. Ich möchte zu gern wissen, was er bedeutet. Hoffentlich können wir es herausfinden. Es ist sicher ein kostbares Geheimnis, sonst hätte man das Ding nicht so gut versteckt.«

Die Kinder konnten ihre Blicke nicht von dem Stoffetzen wenden – ungeheure Spannung lag auf ihren Gesichtern. Was mochte das nur für ein Geheimnis sein?

Sie liefen zu Frau Sanders, um ihren neuen Fund zu zeigen. Sie saß in der Küche und war ganz in das alte Rezeptbuch vertieft. Ihr Gesicht strahlte vor Vergnügen, als sie zu den aufgeregten Kindern aufsah.

»Dies Buch ist ein Wunder«, sagte sie. »Ich kann zwar die Schrift kaum lesen, aber hier – soviel habe ich herausbekommen – steht ein Rezept gegen Rückenschmerzen.

Abends tut doch mein Rücken immer so weh. Nun, hört nur...«

Aber die Kinder hatten nicht die mindeste Lust, sich ein Rezept gegen Rückenschmerzen anzuhören. Sie legten der alten Frau das Stück Stoff auf den Schoß.

»Sehen Sie sich das einmal an. – Was kann das bedeuten? – Wissen Sie es vielleicht? Wir haben es in einem Tabaksbeutel hinter der Wandtäfelung gefunden.«

Frau Sanders nahm ihre Brille ab, putzte sie umständlich und setzte sie wieder auf. Dann besah sie sich sorgfältig das Stück Stoff und studierte die seltsamen Zeichen. Sie schüttelte den Kopf. »Ich habe keine Ahnung. – Aber was ist denn das, was du da in der Hand hältst? Ist das dieser Tabaksbeutel? Das wäre etwas für meinen Hans. Er hat sowieso nur noch einen alten, abgenutzten, aus dem der Tabak immer herausrieselt. Der hier ist zwar auch alt – aber noch lange nicht so abgenutzt.«

»Wollen Sie den Stoffetzen etwa auch haben?« fragte Julius ängstlich. Er wollte ihn doch zu gern mit nach Hause nehmen und dort studieren. Er war davon überzeugt, daß er ein aufregendes Geheimnis barg.

»Den kannst du ruhig mitnehmen, Julius, wenn du ihn haben willst«, sagte die alte Frau lachend. »*Ich* werde die Rezepte behalten, und Hans soll den Beutel haben. – Aha, da kommt er ja.«

Sie rief mit erhobener Stimme dem schwerhörigen alten Mann zu: »He, Hans, hier ist ein Tabaksbeutel für dich. Die Kinder haben ihn hinter der getäfelten Wand in der Halle gefunden.«

Der Alte nahm ihn in die Hand und begutachtete ihn. »Neu ist er zwar nicht«, sagte er dann, »aber besser als meiner. Nun, Leute, ich möchte euch zwar nicht vor die Tür setzen, aber es ist jetzt ein Uhr, also Essenszeit.

Geht jetzt lieber, damit ihr nicht zu spät nach Hause kommt.«

»Ach, du liebe Güte«, sagte Julius. »Das wird sich wohl kaum mehr vermeiden lassen. Auf Wiedersehen, Frau Sanders, und danke für den Mürbekuchen und diesen alten Fetzen. Wenn wir rausgefunden haben, was das Gekritzel bedeutet, erzählen wir's Ihnen. – Komm, Tim! Wir müssen uns beeilen.«

Die fünf rannten davon. Es war aber auch allerhöchste Zeit.

»Ich bin schrecklich gespannt, was der alte Stoffetzen uns zu verraten hat«, japste Julius. »Ich *werde* es herausfinden. Es ist bestimmt etwas sehr Geheimnisvolles.«

»Sollen wir es jemandem erzählen?« keuchte Richard.

»Nein«, fuhr Georg ihn an, »es muß unser Geheimnis bleiben.«

»Und Anne, wenn du wieder die Klappe nicht halten kannst wie im vorigen Sommer, setzt es Fußtritte, das sag' ich dir!« kündigte Julius grinsend an. Die arme Anne konnte so schlecht etwas für sich behalten, und es hatte schon mehr als einen Fußtritt oder Rippenstoß gesetzt, wenn sie sich verplapperte.

»Ich werde keinen Ton sagen!« rief Anne entrüstet und mühte sich ab, mit den anderen Schritt zu halten. »Und wehe, wenn ihr mich tretet! Dann schrei' ich, und das fällt dann erst recht auf.«

»Nach dem Essen halten wir große Beratung über das Stück Leinwand ab«, schlug Julius vor. »Ich wette, wir bekommen heraus, was es bedeutet. Wir müssen uns nur richtig Mühe geben.«

»Geschafft!« prustete Georg. »Und noch nicht einmal zu spät. – Hallo, Mutter – wir waschen uns schnell die Hände. Was gibt's zu essen?«

V

Ein unerfreulicher Spaziergang

Nach dem Essen gingen die vier Kinder nach oben ins Schlafzimmer der Jungen und falteten die Stoffrolle auseinander. Hier und dort waren flüchtig hingekritzelte Wörter zu erkennen. Sie entdeckten auch die ungelenke Zeichnung eines Kompasses, mit einem deutlichen O als Markierungszeichen für die Ost-Richtung. Acht Quadrate waren in der Mitte des Stoffstreifens aufgezeichnet, eines davon war durch ein Kreuz gekennzeichnet. Es war alles sehr geheimnisvoll.

»Ich glaube, das ist Lateinisch«, sagte Julius und versuchte, die Worte zu übersetzen. »Zu blöd«, murmelte er, »ich kann die Wörter nicht richtig entziffern. Und dann könnte ich sie noch immer nicht übersetzen. Soviel Latein haben wir noch nicht gelernt. Wenn wir nur jemand wüßten, der Latein kann!«

»Kann dein Vater denn nicht Latein, Georg?« fragte Anne.

»Ja, schon...«, sagte Georg zögernd. Weder sie noch die anderen hatten Lust, Onkel Quentin zu fragen. Vielleicht nahm er ihnen den merkwürdigen Leinwandfetzen einfach weg. Er würde ihn dann entweder vollständig vergessen oder ihn sogar verbrennen. Bei Gelehrten konnte man nie sicher sein. »Und Herr Roland?« fragte Richard. »Er ist doch Lehrer. Er kann sicher Latein.«

»Den fragen wir erst, wenn wir ihn besser kennen«, sagte Julius vorsichtig. »Er scheint ja ganz nett zu sein – aber man kann nie wissen! – Am liebsten wär's mir, wir könnten alles allein rauskriegen.«

»Oben am Rand stehen zwei Wörter«, sagte Richard und versuchte sie zu entziffern. »›Via occulta‹, was könnte das heißen, Julius?«

»Warte mal – ich würde es mit ›Geheimweg‹ oder so ähnlich übersetzen«, meinte sein Bruder und zog die Stirn in Falten.

»Geheimweg?« sagte Anne mit glänzenden Augen. »Hoffentlich hast du recht. ›Geheimweg!‹ Richtig aufregend! Was für ein Geheimweg könnte damit gemeint sein, Julius?«

»Woher soll ich das wissen, du stellst vielleicht Fragen!« sagte Julius. »Ich weiß nicht mal, ob meine Übersetzung stimmt. Ich hab' es mir nur so ausgedacht.«

»Angenommen, es stimmt – vielleicht enthält der Leinwandstreifen Anweisungen, wie man den Geheimweg, oder was es sonst sein mag, finden kann«, meinte Richard. »He, Julius! Probier's doch noch mal! Du kannst mehr Latein als ich.«

»Diese alten Buchstaben sind elend schwer zu lesen«, beklagte sich Julius und bemühte sich, weitere Buchstaben zu entziffern. Dann stöhnte er: »Es hat überhaupt keinen Zweck. Ich kann aus der Schrift nicht klug werden.«

Sie hörten jemand die Treppe heraufkommen, und plötzlich ging die Tür auf. Herr Roland schaute herein.

»Hallo«, sagte er. »Hier seid ihr! Ich suche euch schon überall. – Wie wäre es mit einem Spaziergang über die Klippen?«

»Wir kommen mit«, sagte Julius und rollte schnell die Leinwand zusammen.

»Es ist ein...«, begann Anne, und sofort fingen die anderen wie aus einem Munde zu reden an, aus Angst, daß Anne das Geheimnis ausplaudern könnte.

»Es ist ein wundervoller Nachmittag für einen Spaziergang.«

»Kommt schnell und zieht eure Mäntel an!«

»Tim! Tim! Wo bist du?« Georg ließ einen schrillen Pfiff ertönen. Tim stürzte unter dem Bett hervor. Anne hatte inzwischen gemerkt, warum die anderen sie unterbrochen hatten, und wurde knallrot.

»Klatschtante!« sagte Julius leise, so daß es Herr Roland nicht hören konnte. »Baby!«

Glücklicherweise äußerte sich Herr Roland nicht weiter über das Stück Leinwand, das er in Julius' Hand bemerkt hatte. Er sah Tim an.

»Muß er denn unbedingt mitkommen?« fragte Herr Roland.

Georg sah den Hauslehrer ganz entrüstet an.

»Aber selbstverständlich!« sagte sie. »Wir gehen niemals ohne Tim aus.«

Herr Roland ging die Treppe hinunter, und die Kinder machten sich fertig. Georg schnitt immer noch ein finsteres Gesicht. ›Tim zu Hause lassen!‹ Schon der Gedanke stimmte sie böse.

»Beinahe hättest du unser Geheimnis verraten, du blöde Kuh!« schimpfte Richard mit seiner Schwester. »Ich hab's vergessen«, sagte Anne beschämt. »Jedenfalls, Herr Roland scheint ganz nett zu sein. Ich glaube, wir können ihn ruhig fragen, ob er uns bei den komischen Wörtern helfen kann.«

»Das überläßt du gefälligst mir«, sagte Julius aufgebracht. »Wehe, wenn du auch nur ein einziges Wort sagst!«

Sie machten sich auf den Weg – mit Tim. Herr Roland

hätte sich gar keine Sorgen um den Hund zu bereiten brauchen, denn Tim kam überhaupt nicht in seine Nähe und nahm nicht die geringste Notiz von ihm – auch dann nicht, wenn Herr Roland mit ihm sprach. Merkwürdig.

»Gewöhnlich benimmt er sich nicht so«, sagte Richard. »Er ist sonst sehr freundlich.«

»Schon recht – aber da ich mit ihm unter einem Dach wohnen muß, bleibt mir einfach nichts anderes übrig, als Freundschaft mit ihm zu schließen«, sagte der Hauslehrer. »Hier, Tim! Komm her! Ich habe einen Keks für dich.«

Bei dem Wort »Keks« spitzte Tim die Ohren, aber er sah sich nicht einmal nach Herrn Roland um. Er ließ den Schwanz hängen und ging zu Georg. Sie streichelte das Tier.

»Wenn er jemanden nicht leiden kann, dann kommt er einfach nicht – nicht einmal ein Knochen oder ein Keks kann ihn dazu bewegen«, erklärte das Mädchen.

Herr Roland gab es auf und steckte den Keks wieder ein. »Er sieht aber auch zu komisch aus«, bemerkte er. »Eine Promenadenmischung, ein schrecklicher Bastard! Ich muß schon sagen, ich ziehe reinrassige Hunde vor.«

Georg wurde puterrot im Gesicht. »Er sieht *nicht* komisch aus«, sprudelte sie hervor. »Er sieht nicht halb so komisch aus wie Sie – und er ist kein schrecklicher Bastard! – Er ist der beste Hund der Welt!«

»Findest du nicht, daß du dich im Ton vergreifst?« sagte Herr Roland steif und kühl. »In Zukunft unterläßt du derartige Frechheiten, verstanden, Georgina?«

Daß er sie in diesem Augenblick »Georgina« nannte, ließ sie nur noch wütender werden. Sie blieb mit Tim zurück und zeigte ein Gesicht wie sieben Tage Regenwetter. Den anderen war etwas unbehaglich zumute. Sie wußten, was für Wutanfälle Georg bekommen konnte. Dabei war es schon viel besser geworden, seit sie im vergangenen Sommer das erste Mal zusammen gewesen waren. Sie hofften nur, daß sie sich ein bißchen zusammenreißen und keinen Zank vom Zaun brechen würde. Das könnte ihnen allen die Weihnachtsferien verderben!

Herr Roland kümmerte sich nicht weiter um Georg. Er sprach sie nicht an, sondern ging mit den anderen weiter und gab sich alle Mühe, lustig zu sein. Er konnte wirklich sehr drollig sein, und die Jungen begannen über seine Späße zu lachen. Er nahm Annes kleine Hand in seine große, und die Kleine hüpfte neben ihm her und freute sich über den Spaziergang.

Georg tat Julius leid. Es war kein angenehmes Gefühl, von einer Gemeinschaft ausgeschlossen zu sein, und er wußte, wie sehr gerade Georg darunter litt. Er überlegte sich, ob er ein gutes Wort für sie einlegen sollte. Vielleicht würde das die Spannung etwas lösen. »Herr Roland«, begann er, »könnten Sie meine Kusine nicht so nennen, wie sie es gern hat? ›Georg‹ – und nicht ›Georgina‹. Sie haßt den Namen. – Und sie mag Tim sehr gern, er ist ihr bester Freund. Sie kann es nicht vertragen, wenn man ihn schlechtmacht.«

Herr Roland sah Julius überrascht an. »Mein lieber Junge«, sagte er ziemlich kühl. »Ich weiß, daß du es gutmeinst, aber ich glaube kaum, daß ich deinen Rat benötige. Ich habe da meine eigenen Ansichten im Hinblick auf die Behandlung Georginas. Das laß mal meine Sache sein. Ich möchte mit euch allen gut auskommen, aber Georgina wird ihr Benehmen grundlegend ändern müssen.«

Julius fühlte sich wie geschlagen. Er wurde rot und blickte zu seinem Bruder hinüber. Richard kniff ihn in den Arm. Die Jungen wußten, daß Georg starrköpfig und unausstehlich sein konnte, sie fanden aber, daß Herr Roland seinerseits etwas mehr Verständnis zeigen könnte. Richard blieb etwas hinter den anderen zurück und wartete, bis Georg aufgeholt hatte.

Sie empfing ihn mit blitzenden Augen. »Du brauchst dich nicht um mich zu kümmern. Ich find' euer albernes Gelache blöd«, sagte sie mit erstickter Stimme. »Denkst du vielleicht, ich hätte nicht gehört, wie ihr mit ihm rumgeblödelt habt? Ein dämlicher Typ, und ihr merkt's nicht mal!«

»Georg, jetzt sind doch Weihnachtsferien«, bat Richard. »Wir wollen uns wieder vertragen, bitte, und uns das Weihnachtsfest nicht verderben lassen.«

»Ich bring's nun einmal nicht fertig, zu jemandem nett zu sein, der Tim nicht ausstehen kann«, sagte Georg widerspenstig.

»Ich verstehe dich schon, Georg, aber Roland hat ihm doch einen Keks angeboten, vielleicht findet er ihn gar nicht so gräßlich. Wahrscheinlich hat er bloß Angst«, sagte Richard, der unter allen Umständen Frieden schließen wollte.

Georg schwieg. Ihr Gesicht brannte vor Empörung. Richard versuchte es noch einmal.

»Georg! Versprich wenigstens, nett zu sein, bis Weihnachten vorüber ist. Jetzt stell dich nicht so an, verdirb bloß nicht das Fest! – Nun komm schon, Georg!«

»Gut«, sagte Georg endlich. »Ich will es versuchen.«

»Dann komm und geh mit uns«, sagte Richard aufmunternd. Sie holten die anderen ein und Georg gab sich Mühe, nicht beleidigt auszusehen. Herr Roland erriet, daß der Junge ihr gut zugeredet hatte, und bezog sie in die Unterhaltung mit ein. Er konnte sie zwar nicht zum Lachen bringen, aber sie antwortete wenigstens.

»Ist das der ›Felsenhof‹?« fragte Herr Roland, als sie den Bauernhof sehen konnten.

»Ja. – Kennen Sie ihn?« fragte Julius erstaunt.

»Nein, nein«, wehrte der Lehrer hastig ab. »Ich habe nur von ihm gehört und überlegte gerade, ob er es sein könnte.«

»Wir waren heute morgen dort«, sagte Anne. »Es ist ein geheimnisvolles Haus.« Sie sah die anderen an, um sich zu vergewissern, ob sie etwas dagegen haben würden, wenn sie erzählte, was sie heute morgen dort erlebt hatten. Julius überlegte einen Augenblick. Eigentlich konnte es ja wirklich nichts schaden, Herrn Roland von dem Stein in der Küche und der falschen Schrankwand zu berichten. Frau Sanders erzählte es jedem, der sich dafür interessierte. Man konnte auch die gleitende Täfelung in der Halle erwähnen und erzählen, daß sie dort das alte Rezeptbuch gefunden hatten. Man brauchte ja nichts von dem alten, beschriebenen Stoffstreifen zu sagen.

Und so berichtete er dem Lehrer von den aufregenden Dingen in dem alten Bauernhaus – aber über das Leinen mit den seltsamen Zeichen schwieg er. Herr Roland hörte mit größtem Interesse zu.

»Das ist alles sehr bemerkenswert«, meinte er dann. »Wirklich – sehr bemerkenswert! Höchst interessant! Ihr sagt, daß die alten Leute ganz allein in dem Haus wohnen?«

»Ja. – Aber über Weihnachten haben sie Gäste«, sagte Richard.

»Zwei Maler. Julius will dann auch einmal hinübergehen und sich mit ihnen unterhalten. Er kann sehr gut malen, wissen Sie.«

»Wirklich?« fragte Herr Roland. »Dann muß er mir unbedingt einige seiner Bilder zeigen. Aber« – wandte er sich direkt an Julius – »du gehst lieber nicht hinüber ins

Bauernhaus, du könntest die Maler belästigen. Sie wollen sicherlich nicht gestört werden.«

Die Bemerkung reizte Julius. Jetzt gerade würde er hinübergehen und mit den beiden Malern sprechen!

So endete der Spaziergang doch noch erfreulich – abgesehen von Georgs Muffigkeit und Tims seltsamem Verhalten. Als sie an einem zugefrorenen Teich kamen, warf Richard ein paar Prügel aufs Eis und befahl Tim, sie zu apportieren. Es war lustig, ihn auf dem Eis dahinschliddern zu sehen, während er sich bemühte, richtig zu laufen. Jetzt schleuderten auch die anderen Kinder Stöcke aufs Eis, und Tim holte sie. Als der Lehrer ihm einen Stecken warf, würdigte der Hund ihn kaum eines Blickes. Es schien fast, als wollte er sagen: ›Was? Deinen Stock? Nein, danke.‹

»Jetzt aber schleunigst nach Hause«, sagte Herr Roland, der versuchte, seinen Ärger über Tim zu verbergen. »Wir werden gerade noch rechtzeitig zum Kaffee kommen.«

VI

Unterricht bei Herrn Roland

Am nächsten Morgen waren die Kinder mieser Laune. – Unterricht! – Wie abscheulich ! – Und auch noch in den Ferien! Na, wenn schon – Herr Roland war gar nicht so übel.

Die Kinder waren am vorhergehenden Abend nicht mit ihm zusammen gewesen, weil er sich mit ihrem Onkel unterhalten wollte. Sie hatten die Gelegenheit ergriffen und den Leinenfetzen hervorgeholt und darüber gebrütet.

Aber sie waren nicht ein Schrittchen weitergekommen. Keiner konnte daraus klug werden. – Geheimweg. – Was bedeutete das nur? Waren es wirklich Hinweise auf einen geheimen Weg oder Gang? Und wo war dieser Gang, und weshalb war er geheim? – Zu ärgerlich, daß man der Lösung nicht näherkam!

»Ich habe das Gefühl, als ob wir sehr bald jemand fragen müßten«, sagte Julius seufzend. »Ich will das jetzt einfach wissen! Ich denke an nichts anderes mehr.«

Die Nacht hatte er sogar davon geträumt. Jetzt war er gespannt, welche Fächer Herr Roland wählen würde – vielleicht Latein. Dann konnte er ihn fragen, was die Worte »via occulta« bedeuteten.

Herr Roland hatte ihre Zeugnisse gesehen und sich die Fächer, in denen sie schwach waren, vorgemerkt. Das waren hauptsächlich Latein und Französisch. Auch in

Mathematik hatten Richard und Julius sehr schlechte Noten. Geometrie war Julius' schwächste Seite.

Anne brauchte keine Nachhilfestunden.

»Aber wenn du mitmachen willst, werde ich dir eine kleine Malarbeit geben«, sagte Herr Roland und blinzelte zu ihr hinüber. Er hatte Anne sehr gern. Sie machte keine Schwierigkeiten und nahm nicht gleich alles krumm wie Georg.

Dieser Vorschlag war ganz nach Annes Geschmack.

»Oh, ja«, sagte sie begeistert. »Das ist fein. Ich kann Blumen malen, Herr Roland. Ich male ein paar rote Mohnblumen und blaue Kornblumen für Sie.«

»Wir fangen um halb zehn an«, sagte Herr Roland. »Bringt eure Bücher ins Wohnzimmer und seid pünktlich.«

Um halb zehn Uhr saßen alle Kinder mit ihren Büchern um den großen Tisch im Wohnzimmer versammelt. Anne hatte ihren Farbkasten und Wasser mitgebracht. Glückliche Anne! Die anderen blickten sie neidisch an. Sie durfte malen, während sie sich mit Latein und Mathematik abplagen mußten.

»Wo ist Tim?« fragte Julius leise.

»Unter dem Tisch«, antwortete Georg ebenso leise. »Er wird schon still liegen. Bitte, sagt nichts. Ich will ihn hierhaben. Ohne Tim werde ich nicht mitarbeiten.«

»Warum sollte er auch nicht dabeisein«, sagte Richard. »Er ist ein braver Hund. – Pst! – Roland kommt.«

Der Lehrer betrat das Zimmer.

»Zuerst werde ich mir eure Hefte ansehen«, sagte er. »Ich muß wissen, was ihr in den letzten Schulwochen durchgenommen habt. Du bist als erster dran, Julius.«

Bald arbeitete die kleine Klasse emsig. Anne malte hingebungsvoll an ihrem bunten Mohn- und Kornblumenbild. Herr Roland bewunderte es laut und lobte sie. Er ist wirklich sehr nett, dachte Anne.

Plötzlich stieg ein lauter Seufzer in die Stille des Raumes. Er kam von unten, von Tim, der es satt hatte, so lange still zu liegen. Herr Roland schaute überrascht auf. Georg seufzte ganz laut, damit Herr Roland glauben sollte, daß auch der erste Seufzer von ihr war.

»Du scheinst müde zu sein, Georgina«, sagte er. »Um elf werden wir eine kleine Pause machen.«

Georg runzelte die Stirn, weil er sie wieder »Georgina« genannt hatte. Sie stupste Tim ganz behutsam mit dem Fuß an, um ihn zu beruhigen. Tim leckte ihren Fuß.

Doch nach einer Weile, als eben wieder vollkommene Ruhe herrschte, hatte Tim den unwiderstehlichen Drang, sich zu kratzen. Er erhob sich. Dann setzte er sich mit einem Plumps wieder hin und kratzte sich geräuschvoll. Die Kinder versuchten, das Scharren durch andere Geräusche zu übertönen.

Georg trampelte mit den Füßen auf den Fußboden. Julius fing an zu husten und ließ eines seiner Bücher auf den Boden fallen. Richard rückte am Tisch und redete Herrn Roland an.

»Bitte, die Aufgabe ist mir einfach zu schwer, ich kapier' nicht, um was es geht. Ich versuch's schon die ganze Zeit, aber es klappt nicht.«

»Warum macht ihr plötzlich solchen Krach?« fragte Herr Roland erstaunt und überrascht. »Hör auf, mit den Füßen zu scharren, Georgina.«

Tim beruhigte sich wieder, und die Kinder atmeten erleichtert auf. Es herrschte wieder Ruhe. Herr Roland befahl Richard, mit seinem Mathematikbuch zu ihm zu kommen.

Der Lehrer nahm das Buch zur Hand, streckte seine

Füße unter dem Tisch aus und lehnte sich zurück, um Richard die Aufgabe zu erklären. Zu seinem größten Erstaunen stießen seine Füße an etwas Warmes, Weiches – und dann schnappte dieses Etwas zu und biß ihn in den Knöchel. Mit einem Schmerzensschrei zog er die Füße hoch.

Die Kinder blickten ihn entsetzt an. Er bückte sich und schaute unter den Tisch. »Es ist dieser verflixte Köter!« schrie er zornig. »Das Biest hat nach meinem Knöchel geschnappt und ein Loch in meine Hose gerissen. – Schaff ihn sofort hinaus, Georgina!«

Georg rührte sich nicht. Sie saß da, als habe sie nichts gehört.

»Sie sagt keinen Ton, wenn Sie sie ›Georgina‹ nennen«, erinnerte Julius ihn.

»Sie *wird* antworten, und wenn ich sie sonstwie nenne«, brüllte Herr Roland kochend vor Zorn. »Ich dulde den Hund nicht in diesem Zimmer. – Wenn du ihn nicht sofort hinausschaffst, Georgina, dann werde ich zu deinem Vater gehen.«

Georg sah ihn an. Sie wußte, daß das strengen Arrest für Tim bedeutete – wenn nicht gar Schlimmeres. Feuerrot im Gesicht sprang sie vor. Sie verzog ihr Gesicht so, daß ihre Augen kaum noch zu sehen waren. Dann sagte sie zu dem Hund: »Komm, Tim. Ich verstehe gut, daß du ihn gebissen hast. Wenn ich ein Hund wäre, würde ich es genauso machen!«

»Auch noch frech werden! Na warte!« schrie Herr Roland wütend.

Die anderen starrten Georg an. Das hatte gerade noch gefehlt! Wenn sie zornig wurde, rastete sie völlig aus.

»Und komm ja sofort wieder zurück, wenn dieser Köter draußen ist!« rief ihr der Lehrer nach.

Georg knallte die Tür hinter sich zu, kehrte aber nach einigen Minuten zurück. Nun war es ihm doch gelungen! Ihr Vater und der Lehrer waren Freunde – wenn sie sich weiterhin so aufführte, wie ihr zumute war, mußte Tim darunter leiden, und er würde aus dem Hause verbannt werden. Um Tims willen gehorchte Georg dem Lehrer, aber von jetzt an haßte sie ihn.

Den anderen taten Georg und Tim zwar leid, aber sie teilten die heftige Abneigung des Mädchens gegen ihren neuen Lehrer nicht. Er brachte sie oft zum Lachen. Er war nachsichtig gegenüber ihren Fehlern. Bereitwillig zeigte er ihnen, wie man Papierflugzeuge und -schiffe macht, und brachte ihnen kleine Zaubertricks bei. Julius und Richard hatten viel Spaß daran und merkten sich alles, um es den anderen Jungen zeigen zu können, wenn sie erst wieder im Internat waren.

Nach dem Unterricht gingen die Kinder für eine halbe Stunde in den Sonnenschein hinaus. Georg rief nach Tim.

»Armer alter Junge!« sagte sie. »Was für eine Gemeinheit, dich aus dem Zimmer zu schicken. Warum hast du auch den blöden Roland gebissen? Ich persönlich bin ganz und gar damit einverstanden, Tim – aber ich weiß immer noch nicht, warum du das getan hast.«

»Georg, hör doch auf, den Roland dauernd auf die Palme zu bringen«, sagte Julius zu seiner Kusine. »Wir bekommen dadurch nur Unannehmlichkeiten. Er ist unnachgiebig. Und eigentlich glaube ich, daß er ein ganz feiner Kerl sein kann, wenn wir ihn erst richtig kennenlernen.«

»Na, dann gebt euch nur schön Mühe, ihn richtig kennenzulernen«, sagte Georg höhnisch. »Aber ohne mich! Wenn ich jemanden nicht ausstehen kann – dann kann ich ihn eben nicht ausstehen. Und ich kann diesen Roland nun mal nicht leiden.«

»Warum eigentlich? Nur weil er Tim nicht mag?« fragte Richard.

»Zum größten Teil deswegen – aber auch, weil es mir kalt den Buckel runterläuft, wenn ich nur an ihn denke«, sagte Georg. »Er hat so einen ekligen Mund.«

»Aber den kannst du ja gar nicht sehen«, sagte Julius, »er ist doch ganz vom Schnurrbart bedeckt.«

»Ich hab' ihn trotzdem gesehen«, erwiderte Georg trotzig. »Seine Lippen sind immer feucht, und beim Reden spuckt er, brrr! Auch seine kalten Augen gefallen mir nicht. Wie der einen immer anstiert! Richtig gehässig. Ihr könnt euch ja bei ihm einschmeicheln – ich jedenfalls mache nicht mit.«

Julius wollte mit dem kleinen Dickkopf nicht herumstreiten. Er lachte. »Wir wollen uns ja nicht bei ihm einschmeicheln«, sagte er, »wir sind nur vernünftig, das ist alles. Das könntest du auch probieren, sonst gibt's dauernd Ärger.«

Aber wenn Georg einmal einen Entschluß gefaßt hatte, dann war sie nicht mehr davon abzubringen. – Sie wurde erst wieder fröhlich, als sie hörte, daß sie am Nachmittag mit dem Omnibus losfahren würden, um Weihnachtseinkäufe zu machen. *Ohne* Herrn Roland. Er gedachte einem Versuch beizuwohnen, den Vater Quentin ihm zeigen wollte.

»Ich werde euch in die Stadt bringen, dann könnt ihr nach Herzenslust einkaufen«, sagte Tante Fanny zu den Kindern. »Anschließend gehen wir in eine Konditorei und fahren dann mit dem Sechs-Uhr-Bus wieder nach Hause.«

Das war endlich mal ein Lichtblick! Sie stiegen in den Omnibus ein und ruckelten auf der holprigen Landstraße dahin, bis sie die Stadt erreichten. Die Auslagen in den Geschäften sahen bunt und lustig aus. Die Kinder hatten

Geld mitgenommen und brauchten endlos lang, bis sie alle möglichen Kleinigkeiten besorgt hatten. So viele Leute wollten bedacht sein.

»Ich denke, wir kaufen auch etwas für Herrn Roland«, meinte Julius.

»Ich bin dabei«, sagte Anne. »Ich kaufe ihm eine Tafel Schokolade. Ich glaub', er nascht gern.«

»Du willst dem Roland was schenken?« sagte Georg verächtlich.

»Und warum nicht?« fragte ihre Mutter überrascht. »Ach, du liebes Bißchen – ich will doch hoffen, daß du endlich Vernunft annimmst und deine Abneigung gegen den armen Mann aufgibst.«

»Was wirst du Tim schenken?« fragte Julius schnell, um das Thema zu wechseln.

»Die größte Wurst, die der Fleischer auf Lager hat«, sagte Georg. »Was bekommt er denn von dir?«

»Ich glaube, wenn Tim Geld hätte, dann würde er uns allen auch ein Geschenk kaufen«, sagte Anne. Sie legte ihren Arm um seinen Hals und zupfte ihn liebevoll am Fell. »Er ist der beste Hund der Welt.«

Für diese Äußerung verzieh Georg ihr den Vorschlag, Herrn Roland ein Geschenk zu kaufen. Ihr Gesicht heiterte sich auf, und sie begann darüber nachzudenken, was *sie* für alle kaufen wollte.

Endlich saßen sie müde und zufrieden in der kleinen Konditorei, und um sechs Uhr brachte sie der Omnibus zurück zum »Felsenhaus«. Tante Fanny ging ins Arbeitszimmer, um sich zu erkundigen, ob die Köchin den Männern Tee gebracht hatte. Schmunzelnd kam sie wieder heraus.

»Ich habe euren Onkel noch nie so guter Laune gesehen«, sagte sie zu den Kindern. »Er unterhält sich mit Herrn Roland so angeregt, als ob sie sich schon jahrelang kennen würden. Er hat eurem Lehrer viele seiner Versuche gezeigt. Es ist wichtig für ihn, daß er sich mit jemand unterhalten kann, der ein klein wenig über diese Dinge Bescheid weiß.«

Am Abend spielte Herr Roland mit den Kindern. Tim war auch im Zimmer, und der Lehrer versuchte wieder, mit ihm Freundschaft zu schließen, aber der Hund beachtete ihn überhaupt nicht.

»Genauso dickköpfig wie seine kleine Herrin«, meinte Herr Roland und sah lachend zu Georg hinüber, die mit Genugtuung beobachtet hatte, daß Tim von Herrn Roland nichts wissen wollte. Befriedigung breitete sich auf ihrem Gesicht aus, aber dem Lehrer antwortete sie nur mit einem finsteren Blick.

»Sollen wir ihn morgen fragen, ob ›via occulta‹ wirklich ›Geheimweg‹ heißt, oder nicht?« fragte Julius seinen Bruder abends beim Ausziehen. »Ich bin gespannt wie ein Flitzbogen, ob meine Übersetzung stimmt. – Wie gefällt dir eigentlich Herr Roland, Richard?«

»Ich weiß nicht recht«, Richard zögerte. »Meistens find' ich ihn ganz okay, aber dann – ganz plötzlich – kann ich ihn nicht ausstehen. Er schaut so komisch. Da hat Georg ganz recht.«

»Ich glaube, er ist in Ordnung«, sagte Julius. »Er läßt sich bloß nichts gefallen, das ist alles. Wenn's nach mir ging', würde ich ihm den Stoffetzen zeigen und ihn bitten, daß er uns die Wörter übersetzt.«

»Hast nicht ausgerechnet du gesagt, wir sollten es als richtiges Geheimnis hüten?« sagte Richard.

»Ich weiß schon – aber was hat das Geheimnis für einen Sinn, wenn wir es nicht lüften können?« gab Julius zu bedenken. »Aber mir fällt etwas ein – wir könnten ihn nach den Wörtern fragen, ohne ihm den Fetzen zu zeigen.«

»Aber wir können ja die Wörter nicht lesen, du Blödmann«, jammerte Richard. »Das hat also keinen Zweck. Wenn – dann mußt du ihm schon das ganze Ding zeigen und ihm erzählen, woher wir es haben.«

»Dann muß ich mir was anderes einfallen lassen«, erwiderte Julius und kroch ins Bett.

Am nächsten Tag hatten sie von halb zehn bis halb eins Unterricht. Georg erschien ohne Tim. Sie war noch immer sauer wegen gestern.

In der Lateinstunde nahm Julius die Gelegenheit wahr, Herrn Roland zu fragen, was ihm auf dem Herzen lag.

»Herr Roland«, begann er, »könnten Sie mir bitte sagen, was ›via occulta‹ bedeutet?«

»Via occulta?« wiederholte der Lehrer und zog die Stirn in Falten. »Ja – es heißt ›Geheimer Weg‹ oder ›Geheime Straße‹. ›Ein verborgener Gang‹ oder so etwas Ähnliches. Warum willst du das wissen?«

Die Kinder hörten mit heißen Ohren zu. Julius hatte also doch recht gehabt!

»Och, ich, eh... das hab' ich irgendwo gelesen, auf...«, sagte Julius.

Den anderen stockte der Atem. Er wird doch nicht! Richard versetzte ihm unter dem Tisch einen Fußtritt.

»...in einem Buch, im Internat!« vollendete Julius den Satz und blinzelte den anderen zu.

Er hatte sie nur ein bißchen auf die Folter spannen wollen, aber er war genauso aufgeregt wie sie. Wenn sie nun auch noch die übrigen Zeichen deuten könnten, wären sie vielleicht imstande, das Rätsel zu lösen.

»Der Geheimweg«, murmelte Julius vor sich hin, als er sich über einer Geometrieaufgabe den Kopf zerbrach. »Der Geheimgang! Ich werde ihn schon irgendwie finden.«

VII

Die Anweisung für den Geheimweg

An den folgenden Tagen hatten die Kinder nicht viel Zeit, über den Geheimgang nachzudenken, denn Weihnachten stand vor der Tür, und es gab noch viel zu tun.

Sie mußten Weihnachtskarten für ihre Mütter, Väter, Freunde und Freundinnen schreiben. Außerdem mußte das Haus geschmückt werden. Sie zogen mit Herrn Roland los, um Stechpalmenzweige zu suchen.

»Ihr seht wie die Leute auf den kitschigen Weihnachtskarten aus«, sagte Tante Fanny, als sie, mit Stechpalmenzweigen beladen, den Gartenweg heraufkamen. Herr Roland hatte Mistelzweige gefunden, die Beeren daran glänzten wie Perlen.

»Herr Roland mußte auf den Baum steigen, um die Misteln herunterzuholen«, erzählte Anne. »Er kann klettern wie ein Affe.«

Alles lachte, nur Georg schwieg. Sie lachte niemals über Bemerkungen, die mit dem Lehrer zusammenhingen. In der Vorhalle warfen die Kinder ihre Last ab und gingen ins Haus, um sich die Hände zu waschen. Am Abend sollte dann das Haus geschmückt werden.

»Will Onkel Quentin sein Arbeitszimmer auch geschmückt haben?« fragte Anne. In diesem Raum gab es allerlei seltsame Instrumente und Glasröhren, und die Kinder betrachteten sie neugierig, wenn sie sich einmal in den Raum wagten – was aber selten genug geschah, denn sie durften das Zimmer ohne Erlaubnis nicht betreten.

»Nein, in meinem Zimmer dürft ihr keine Unordnung machen«, sagte Onkel Quentin sofort. »Das kommt gar nicht in Frage.«

»Onkel, was machst du eigentlich in deinem Labor?« fragte Anne und schaute neugierig durch die geöffnete Tür.

Onkel Quentin lachte. »Ich bin auf der Suche nach einer Geheimformel«, sagte er.

»Was ist das?« fragte Anne.

»Das verstehst du nicht«, antwortete ihr Onkel. »All diese Dinge, die du da siehst, die Apparate und Glasröhrchen und Kolben mit den verschiedenen Flüssigkeiten, helfen mir bei meinen Versuchen, und ich schreibe in meinem Buch nieder, was ich herausgefunden habe – und aus alldem arbeite ich eine Geheimformel aus, die von Nutzen sein wird.«

»*Du* willst eine Geheimformel ausfindig machen und *wir* einen Geheimweg«, plapperte Anne und vergaß ganz, daß sie darüber nicht sprechen sollte.

Julius stand an der Tür und blickte Anne finster an. Glücklicherweise achtete Onkel Quentin nicht auf das Geplauder des Mädchens. Wie immer war er in Gedanken bereits wieder bei seinem Versuch. Julius zog sie aus dem Zimmer.

»Anne, du bist doch ein elendes Klatschweib! Ich glaube, wir müssen dir den Mund zubinden, um dich zum Schweigen zu bringen.«

Die Köchin Johanna war mit dem Backen des Weihnachtskuchens beschäftigt. Vom »Felsenhof« war eine große fette Gans herübergeschickt worden. Jetzt hing sie in der Speisekammer. Tim stellte fest, daß sie köstlich duftete, aber Johanna jagte ihn aus der Küche.

Schachteln mit Knallbonbons standen auf dem Sims im Wohnzimmer, und überall lagen geheimnisvolle Pakete. Es war schon sehr weihnachtlich. Die Kinder waren glücklich und aufgeregt.

Herr Roland ging hinaus und grub eine kleine Rot-Tanne aus. »Wir müssen doch einen Christbaum haben«, meinte er. »Kinder, habt ihr Christbaumschmuck?«

»Nein«, sagte Julius, da Georg nur den Kopf schüttelte.

»Dann werde ich heute nachmittag in die Stadt fahren und den Baumschmuck kaufen«, versprach der Lehrer. »Das Christbaumschmücken macht besonderen Spaß. Wir werden den Baum in der Halle aufstellen und die Kerzen am Weihnachtstag anzünden. – Wer will mitkommen in die Stadt?«

»Ich!« schrien drei Kinderstimmen, aber die vierte schwieg. Das war Georg. Nicht einmal Christbaumschmuck wollte sie zusammen mit Herrn Roland kaufen. Sie hatte noch niemals vorher einen Weihnachtsbaum gehabt und sich schon sehr darauf gefreut – aber jetzt war ihr die Lust darauf vergangen.

Am späten Nachmittag stand der Baum in der Halle, mit bunten Kerzen auf den Zweigen und glänzenden Kugeln und glitzernden Lamettafäden. Eiszapfen und versilberte Nüsse hingen an den Zweigen, und Anne hatte hier und dort Watte auf das Grün gelegt, so daß es wie Schnee aussah. Es war ein wunderschöner Anblick.

»Der sieht ja wirklich prächtig aus«, sagte Onkel Quentin, als er durch die Halle ging und dann zusah, wie Herr Roland den Weihnachtsschmuck anbrachte. »Und der hübsche Rauschgoldengel an der Spitze! Wirklich, sehr schön.«

Julius, Richard und Anne hatten inzwischen Herrn Roland als Freund und Lehrer anerkannt. Alle – vom Onkel

bis zur Köchin Johanna – hatten sich mit ihm angefreundet. Georg bildete die einzige Ausnahme. Sie und Tim hielten sich von Herrn Roland fern.

Beide blickten äußerst unfreundlich drein, wenn der Lehrer im Zimmer war.

»Ich hab' nicht gewußt, daß ein Hund so mürrisch aussehen kann«, sagte Julius und beobachtete Tim. »Er schaut beinahe so finster wie Georg.«

»Und ich habe das Gefühl, als ob Georg genauso wie Tim die Haare aufstellt, wenn sie Herrn Roland bloß sieht«, kicherte Anne.

»Macht euch nur lustig«, sagte Georg ärgerlich. »Ihr seid einfach nur blöd. Ihr werdet schon sehen, ich täusche mich nicht in Herrn Roland. Ich hab so ein merkwürdiges Gefühl – und Tim auch.«

»Das ist Unsinn, Georg«, sagte Richard. »Daran liegt es ja auch gar nicht – du bist doch bloß sauer, weil dich der Roland dauernd ›Georgina‹ nennt und mit dir rumschimpft, und weil er Tim nicht leiden kann. Er kann doch wirklich nichts dafür, wenn er Hunde nicht mag.«

»Es hat keinen Zweck, mit Georg zu streiten«, unterbrach ihn Julius. »Wenn sie sich etwas in den Kopf gesetzt hat, dann läßt sie sich nicht mehr davon abbringen.«

Georg verließ beleidigt das Zimmer. Die anderen fanden ihr Benehmen ziemlich albern.

»Ich kapier' das nicht«, sagte Anne. »In der Schule war sie so lustig. Jetzt ist sie wieder ganz komisch, beinahe so wie damals, als wir sie kennenlernten.«

»Das war vom Roland doch echt super, das mit dem Christbaum und daß er den Christbaumschmuck besorgt hat«, sagte Richard. »Zwar mag ich ihn trotzdem manchmal nicht besonders. Aber eigentlich ist er doch ganz annehmbar. Wie wäre es, wenn wir ihn fragen, ob er uns nicht den alten Leinenfetzen entziffern will? Es macht doch wirklich nichts aus, wenn er ihn mal genauer anguckt.«

»Find' ich auch«, sagte Anne, die gerade damit beschäftigt war, ihrem Lehrer eine Weihnachtskarte zu malen. »Er weiß doch soviel. Er kann uns sicher sagen, was es mit dem Geheimweg auf sich hat. – Nun kommt schon und fragt ihn.«

»Gut«, entschied Julius. »Ich werde ihm den Stoffetzen zeigen. Heute abend bleibt er sowieso mit uns im Wohnzimmer, wenn Tante Fanny und Onkel Quentin im Arbeitszimmer unsere Geschenke einpacken.

Am Abend breitete Julius das Stück Leinen auf dem Tisch aus. Georg sah ihn überrascht an.

»Der Roland wird jeden Augenblick kommen«, sagte sie. »Versteck es schnell.«

»Wir wollen ihn fragen, was die lateinischen Worte bedeuten«, sagte Julius.

»Wie könnt ihr nur!« rief Georg erschrocken. »Ihm unser Geheimnis verraten! Habt ihr nicht alle Tassen im Schrank?«

»Wir wollen aber doch wissen, was das Geheimnis bedeutet, oder nicht?« sagte Julius. »Wir brauchen ihm ja nicht zu verraten, wo wir es gefunden haben. Er soll sich nur den Kopf zerbrechen und uns beim Entziffern helfen.«

»Du bist ein richtiger Idiot! Ausgerechnet ihn willst du fragen!« zischte Georg. »Er wird einfach alles wissen wollen. Er ist ein ekelhafter Schnüffler.«

»Was meinst du damit?« fragte Julius überrascht. »Er schnüffelt doch nie herum.«

»Doch«, entgegnete Georg. »Ich hab' ihn gestern im Arbeitszimmer rumsuchen sehen, als niemand drin war. Er konnte mich nicht sehen, weil ich mit Tim draußen vor dem Fenster gestanden bin. Er hat seine Nase überall hineingesteckt.«

»Du weißt doch, daß er sich für das interessiert, was dein Vater macht«, sagte Julius. »Vielleicht hat dein Vater ihm erlaubt, daß er sich alles anschaut. Dein Vater kann ihn doch gut leiden. Du suchst nur nach faulen Gründen, um ihn uns madig zu machen.«

»Hört bloß auf, ihr beiden!« fuhr Richard dazwischen. »Heute ist Weihnachten. Da zankt man sich doch nicht.«

Gerade in dem Augenblick kam der Hauslehrer ins Zimmer. »Alle so fleißig wie die Bienen?« fragte er und lächelte unter seinem Schnurrbart hervor. »Wahrscheinlich seid ihr viel zu beschäftigt, um mit mir Karten zu spielen, was?«

»Herr Roland«, begann Julius, »könnten Sie mir bitte helfen? Wir haben einen Stoffstreifen mit alten Aufzeichnungen gefunden. Es scheint etwas auf Latein draufzustehen, aber wir können nicht schlau draus werden.«

Ein ärgerlicher Ausruf ertönte aus Georgs Richtung, als sie sah, wie Julius dem Lehrer das Stück Stoff zuschob. Sie verließ das Zimmer und knallte die Tür hinter sich zu.

»Das kleine Fräulein scheint heute abend nicht besonders guter Laune zu sein«, bemerkte Herr Roland und zog das Stück Stoff zu sich herüber: »Wo, um alles in der Welt, habt ihr das nur her? Was für ein merkwürdiges Ding!«

Niemand antwortete. Herr Roland studierte den Stoffetzen und rief dann aus: »Aha, jetzt weiß ich auch, warum ihr neulich die lateinischen Wörter von mir übersetzt haben wolltet. ›Der Geheimweg‹ – wißt ihr noch? Das steht hier oben.«

»Ja«, sagte Richard. Die Kinder beugten sich weit vor und hofften, daß Herr Roland das Rätsel wenigstens zum Teil lösen könne.

»Wir wollen nur wissen, was die Wörter bedeuten«, sagte Julius.

»Das ist wirklich sehr interessant«, murmelte der Lehrer, ohne auf Julius zu hören, und versank in tiefes Nachdenken. Dann sagte er: »Anscheinend ist es eine Anweisung, wie die Öffnung oder der Eingang zu einem geheimen Weg oder Gang zu finden ist.«

»Genau das haben wir auch gedacht!« schrie Julius aufgeregt. »Genau dasselbe! Herr Roland, bitte versuchen Sie, die Anleitung zu entziffern. Vielleicht kriegen Sie was raus!«

»Ich nehme an, daß diese acht Quadrate hier Holzbretter oder eine getäfelte Wand vorstellen sollen«, sagte der Lehrer und deutete auf das Stück Stoff. »Wartet mal – ich kann die Worte kaum lesen. Das ist ja höchst aufregend. – Solum lapideum paries ligneus – und was heißt das hier? Cellula –, ja cellula.«

Die Kinder hingen gespannt an seinen Lippen. »Holztäfelung.« Das bezog sich sicher auf das Bauernhaus im »Felsenhof«!

Herr Roland runzelte die Stirn und blickte auf die kaum leserlichen, verblaßten Buchstaben. Dann mußte Anne von Onkel Quentin ein Vergrößerungsglas holen. Alle sahen gespannt durch das Glas. Die Wörter waren jetzt dreimal so groß und viel deutlicher zu erkennen.

»Nun«, sagte der Lehrer endlich, »soweit ich mich auskenne, lauten die Anweisungen folgendermaßen: ein Raum, der nach Osten liegt, acht Felder in einer getäfelten Wand, von denen eines mit einer Öffnung versehen ist, und ein Steinfußboden – ja, ich glaube, so ist es –, ein Steinfußboden –, und außerdem noch ein Schrank. Das hört sich ja alles sehr geheimnisvoll an. Wo habt ihr das Ding gefunden?«

»Wir haben es einfach gefunden«, sagte Julius nach einer kleinen Pause. »Vielen Dank, Herr Roland. Allein hätten wir das nie rausbekommen. – Der Eingang zu dem Geheimnis befindet sich also in einem Raum, der nach Osten liegt?«

»Es scheint so«, sagte Herr Roland und vertiefte sich wieder in den Leinwandstreifen. »Wo sagtest du, habt ihr es gefunden?«

»Wir haben gar nichts gesagt«, bemerkte Richard. »Es ist eine Art Geheimnis, wissen Sie.«

»Ihr könnt es mir ruhig anvertrauen«, sagte Herr Roland und sah Richard ermunternd an. »Bei mir sind Geheimnisse sicher. Ihr habt ja keine Ahnung, wie viele merkwürdige Geheimnisse ich kenne!«

»Also gut«, sagte Julius, »ich sehe eigentlich keinen Grund, warum Sie es nicht wissen sollten. Wir haben den Fetzen in dem alten Bauernhaus, dem ›Felsenhof‹, gefunden, in einem alten Tabaksbeutel. Der Geheimgang beginnt bestimmt in der Nähe vom ›Felsenhof‹. Wo der wohl hinführt?«

»Ihr habt das auf dem ›Felsenhof‹ gefunden?« rief Herr Roland aus. »Sieh mal an – ich muß schon sagen, das scheint ja ein sehr interessantes altes Gebäude zu sein. Das werde ich mir einmal näher anschauen. Ich interessiere mich nämlich sehr für alte Gebäude.«

Julius rollte die Leinwand wieder zusammen und steckte sie in die Tasche. »Also noch einmal vielen Dank, Herr Roland«, sagte er. »Sie haben einen Teil des Rätsels für uns gelöst – aber gleichzeitig haben Sie uns eine neue Aufgabe gestellt. Wir müssen den Geheimgang gleich nach Weihnachten suchen, wenn wir wieder zum ›Felsenhof‹ hinüber können.«

»Ich werde mit euch kommen«, sagte Herr Roland.

»Vielleicht kann ich euch helfen. Das heißt natürlich nur, wenn es euch nichts ausmacht, euer Geheimnis ein klein wenig mit mir zu teilen.«

»Hm – Sie haben uns schließlich mit den Wörtern geholfen«, sagte Julius, »wenn es Ihnen Spaß macht, kommen Sie nur mit.«

»Das wäre prima«, sagte Anne.

»Dann werden wir alle zusammen den Geheimgang suchen«, sagte Herr Roland. »Das wird ein Spaß. Wir werden die Täfelung abklopfen und darauf warten, daß sich irgendwo ein geheimnisvoller, dunkler Eingang öffnet. Ha, ha, ha!« Er lachte herzlich.

»Ich glaub' nicht, daß Georg mitkommt«, murmelte Richard seinem Bruder zu. »Das war bescheuert von dir, daß du den Roland eingeladen hast, Julius. Das bedeutet, daß unser alter Georg nicht mitmachen wird. Und du weißt ganz genau, dann ist sie wieder eingeschnappt.«

»Ich weiß schon«, sagte Julius, der sich nicht sehr wohl in seiner Haut fühlte. »Aber wir brauchen uns ja nicht schon jetzt darüber zu sorgen. Vielleicht hat Georg es sich bis nach Weihnachten anders überlegt. Sie kann sich ja nicht dauernd so zickig benehmen.«

VIII

Was in der Nacht geschah

War das ein Jubel am Weihnachtsmorgen! Die Kinder wachten früh auf und sausten aus den Betten, um sich die Geschenke anzusehen, die Tante Fanny und Onkel Quentin aufgebaut hatten.

»Oh, ein Bahnhof! Und genau der, den ich mir schon immer gewünscht hab'! Wer mir den wohl geschenkt hat?«

»Eine neue Puppe – mit Schlafaugen! – Ich werde sie Maria nennen.«

»Und hier – was für ein dickes Buch! Alles über Flugzeuge! Von Tante Fanny. Das ist wirklich super!«

»Tim, schau nur, was Julius dir geschenkt hat! Ein Halsband mit großen Messingknöpfen ringsherum – na, du wirst vielleicht vornehm aussehen! Geh, gib ihm Pfötchen und bedank dich schön!«

»Von wem ist denn das? Da ist ein Kärtchen dabei! – Ah, von Herrn Roland. Das ist großartig von ihm! Sieh mal her, Julius, ein Taschenmesser mit drei Klingen!«

So riefen sie durcheinander, und entdeckten immer wieder etwas Neues. Tim kramte begeistert in dem knisternden Geschenkpapier herum und wedelte hingebungsvoll, als er endlich die große Wurst erschnüffelt hatte, das Geschenk von Georg und Anne. Die Schlafzimmer waren in einer unvorstellbaren Unordnung, als die Kinder alles ausgepackt hatten.

»Von wem hast du das Hundebuch, Georg?« fragte Julius, der es in Georgs Geschenkecke liegen sah.

»Von Herrn Roland«, sagte Georg kurz.

Julius wunderte sich, daß Georg es überhaupt angenommen hatte. Er konnte es kaum glauben. Aber die kleine Kratzbürste hatte schweren Herzens den Entschluß gefaßt, wenigstens während der Weihnachtsfeiertage gute Miene zum bösen Spiel zu machen.

Und so schloß sich Georg den anderen an und bedankte sich bei Herrn Roland für das Geschenk.

Alle hatten ihrem Hauslehrer etwas geschenkt, nur Georg nicht, und er dankte ihnen herzlich und schien wirklich sehr erfreut zu sein. Anne versicherte er, daß ihre Weihnachtskarte die hübscheste sei, die er jemals bekommen habe. Glücklich strahlte sie ihn an.

»Ich muß sagen, es ist wirklich sehr schön, Weihnachten hier zu feiern«, sagte Herr Roland, als alle um den festlich gedeckten Mittagstisch saßen. »Darf ich Ihnen das Aufschneiden des Bratens abnehmen?« wandte er sich an Onkel Quentin. »Ich kann es gut.«

Onkel Quentin übergab ihm Messer und Gabel nur zu gerne.

»Ich freue mich, daß Sie hier sind«, sagte er herzlich. »Ich habe das Gefühl, daß Sie sich gut eingelebt haben.«

Es war wirklich ein fröhliches Weihnachtsfest. An diesem und dem folgenden Tag hatten die Kinder selbstverständlich keinen Unterricht. Sie vergnügten sich mit ihren neuen Spielsachen. Richard probierte sein Taschenmesser aus und wollte Johanna ständig helfen, alles mögliche kleinzuschnippeln, Georg saß in ihrem Zimmer und las in dem neuen Hundebuch. Zwischendurch schleckten sie alle mehr Süßigkeiten als ihnen guttaten, und am Abend bewunderten sie den Christbaum.

Wenn alle Kerzen brannten, sah es besonders schön aus. Warm strahlten sie in der dunklen Halle, und das Lametta glitzerte und glühte im Kerzenschein. Tim saß dabei und bestaunte den Lichterglanz. »Ihm gefällt es genausogut wie uns«, sagte Georg. –

Am Abend fielen die Kinder vor Müdigkeit ins Bett. »Ich schlaf' schon fast«, sagte Anne und gähnte. »Oh, Georg – das war schön, nicht wahr? Mir hat der Christbaum soooo gut gefallen.«

»Ja, es war wunder-, wunderschön«, bestätige Georg und schlüpfte ins Bett. »Mutti sagt uns noch gute Nacht. – Körbchen, Tim, Körbchen!«

Tim trottete brav in sein Körbchen unterm Fenster. Dort hielt er sich immer auf, wenn Georgs Mutter heraufkam, um gute Nacht zu wünschen, aber sobald sich die Tür wieder hinter ihr geschlossen hatte, sprang Tim mit einem großen Satz auf Georgs Bett. Dort schlief er dann ein. Sein Kopf lag auf Georgs Beinen.

»Meinst du nicht, es wäre besser, wenn Tim heute nacht unten schläft?« fragte ihre Mutter. »Johanna hat mir gesagt, daß er sehr viel gefressen hat und daß ihm wahrscheinlich schlecht wird.«

»Ach nein, bitte nicht, Mutti«, protestierte Georg sofort. »Tim soll heute unten schlafen? Ausgerechnet an Weihnachten? Was würde er von mir denken?«

»Na schön«, sagte ihre Mutter lachend. »Ich hätte mir denken können, daß es zwecklos ist, den Vorschlag überhaupt zu machen! – Nun schlaft aber schnell ein, Kinder, es ist schon spät, und ihr seid sicher todmüde.«

Dann ging sie in das Jungenzimmer hinüber und sagte dort ebenfalls gute Nacht. Julius und Richard murmelten nur noch müde.

Zwei Stunden später lag alles in tiefem Schlaf. Georg

und Anne lagen friedlich in ihren Betten. Tim träumte zu Georgs Füßen.

Plötzlich wachte Georg auf. Tim hatte leise geknurrt. Lauschend hob er den Kopf.

»Was ist los, Tim«, flüsterte sie. Anne atmete tief und ruhig. Wieder knurrte Tim. Georg richtete sich auf und faßte ihn am Halsband, um ihn zum Schweigen zu bringen. Wenn Vater davon wach würde, wäre er böse.

Tim hörte auf zu knurren. Denn er hatte erreicht, was er wollte: Seine Herrin war wach geworden. Georg saß im Bett und überlegte, was sie tun sollte. Anne zu wecken, hatte keinen Sinn. Die würde sich nur ängstigen. Aber warum hatte Tim geknurrt? Das hatte er doch nachts noch nie getan. Da konnte doch was nicht stimmen.

Ich werde mich lieber umsehen, ob alles in Ordnung ist, dachte Georg. Der Gedanke, allein durch das ruhige dunkle Haus zu schleichen, störte sie nicht im geringsten. Außerdem hatte sie ja Tim! Da brauchte man sich wirklich nicht zu fürchten.

Georg zog sich den Morgenrock über. Vielleicht ist eines der Holzscheite aus dem Kamin gefallen, und der Teppich hat Feuer gefangen, dachte sie, als sie die Treppe hinunterstieg und die Luft in die Nase sog. Sie legte ihre Hand auf Tims Kopf, um ihn zu beruhigen, und tappte leise durch die Halle ins Wohnzimmer. Das Feuer dort war in Ordnung, es glimmte nur noch schwach. In der Küche war es ebenso.

Da drang ein schwaches Geräusch von der anderen Seite des Hauses herüber. Tim knurrte ziemlich laut, und die Haare auf seinem Rücken sträubten sich. Georg verhielt sich ganz still. Einbrecher?

Plötzlich schüttelte Tim ihre Hand von sich ab und setzte quer durch die Halle, den Gang entlang aufs Arbeitszimmer zu. Sie hörte einen unterdrückten Schrei und einen dumpfen Fall.

»Ein Einbrecher!« rief Georg und rannte dem Hund nach. Auf dem Fußboden des Arbeitszimmers lag eine brennende Taschenlampe. Sie gehörte offensichtlich dem Mann, der jetzt mit dem Hund kämpfte. Georg schaltete das Licht an und schaute überrascht auf die Szene, die sich ihr bot. Herr Roland rollte sich im Morgenmantel und in Pantoffeln auf dem Boden und versuchte, Tim abzuwehren, der – obwohl er nicht biß – einen Zipfel des Morgenrocks fest zwischen seinen Zähnen hielt.

»Ach, du bist's, Georg! Ruf sofort deinen gräßlichen Hund zurück!« zischte Herr Roland leise mit wütender Stimme. »Soll er das ganze Haus aufwecken?«

»Warum schleichen Sie um Mitternacht mit einer Taschenlampe hier im Haus herum?« fragte Georg herausfordernd.

»Ich habe ein Geräusch gehört und wollte nachsehen, was los ist«, sagte Herr Roland und richtete sich auf, während er versuchte, den gereizten Hund abzuschütteln. »Um Himmels willen, ruf doch das Biest zurück!«

»Warum haben Sie denn nicht das Licht angedreht?« fragte Georg weiter und unternahm nicht den geringsten Versuch, Tim abzurufen. Der Anblick des ärgerlichen und ängstlichen Herrn Roland bereitete ihr Spaß.

»Ich konnte den Schalter nicht finden«, sagte der Lehrer. »Er ist an der falschen Seite der Tür, wie du siehst.«

Das stimmte. Der Lichtschalter war schwierig zu finden, wenn man seinen Platz nicht wußte. Herr Roland versuchte, Tim wegzuschieben. Da fing der Hund plötzlich an zu bellen.

»Er wird alle aufwecken«, sagte der Lehrer wütend. »Das wollte ich gerade vermeiden. Ich hätte schon allein herausgefunden, was los ist. Ich dachte, es seien Einbrecher. Schau, was du angerichtet hast! Da kommt dein Vater!«

Georgs Vater trug einen schweren Feuerhaken in der Hand. Er war mehr als erstaunt, als er Herrn Roland am Boden liegen und Tim über ihm stehen sah.

»Was soll das heißen?« rief er aus. Herr Roland versuchte aufzustehen, aber Tim ließ es nicht zu. Georgs Vater gab ihm einen scharfen Befehl.

»Tim! Komm sofort her, Tim!«

Tim warf seiner Herrin schnell einen Blick zu, um sich zu vergewissern, ob auch sie mit dem Befehl einverstanden sei. Sie sagte nichts. Und so kümmerte sich auch Tim nicht darum und schnappte nur noch fester nach Herrn Rolands Knöcheln.

»Der Hund ist tollwütig!« rief Herr Roland vom Boden her. »Er hat mich schon einmal gebissen, und jetzt versucht er es wieder.«

»Tim! Wirst du wohl sofort herkommen, du Biest?« schrie jetzt Georgs Vater. »Georg! Der Hund folgt ja überhaupt nicht! Ruf ihn sofort zurück!«

»Komm her, Tim«, sagte Georg leise. Das Tier gehorchte sofort und stellte sich neben sie, doch sein Fell war noch immer gesträubt.

Der Lehrer stand auf. Er bebte vor Zorn. Er wandte sich an Georgs Vater: »Ich hörte ein Geräusch und ging mit meiner Taschenlampe hinunter, um nachzusehen, was los ist. Ich dachte, das Geräusch sei aus Ihrem Arbeitszimmer gekommen. Es hätte ja sein können, daß ein Einbrecher es auf Ihre wertvollen Unterlagen abgesehen hatte. Ich war gerade unten, als dieser Hund hier aus dem Dunkel auftauchte und sich auf mich stürzte. Georg kam auch dazu, aber es fiel ihr nicht ein, das Tier zurückzurufen.«

»Ich kann dein Benehmen nicht verstehen«, entrüstete sich ihr Vater. »Stimmt es, daß Tim Herrn Roland schon einmal gebissen hat?«

»Georg hatte ihn während des Unterrichts unter dem Tisch versteckt«, sagte Herr Roland. »Ich wußte es nicht, und als ich meine Beine ausstreckte, berührte ich ihn aus Versehen, und er biß mich.«

»Von nun an bleibt Tim in der Hundehütte«, ordnete Georgs Vater an. »Ich will ihn nicht mehr im Hause haben. Das ist eine Strafe für ihn – und für dich, Georg. Ich werde diese Ungezogenheiten nicht länger dulden. Herr Roland ist zu euch immer nett gewesen.«

»Tim kann nicht draußen bleiben«, begehrte Georg auf. »Es ist so kalt, und – es würde ihm das Herz brechen.«

»Das hättest du dir vorher überlegen sollen«, sagte ihr Vater. »Von nun an hängt es ganz von deinem Benehmen ab, ob Tim in den Ferien ins Haus darf oder nicht. Ich werde Herrn Roland jeden Tag fragen, wie du dich benommen hast. Fällt der Bericht schlecht aus, dann bleibt Tim draußen. – Aber entschuldige dich zuerst bei Herrn Roland.«

»Nein!« rief Georg und stürzte, vor ohnmächtiger Wut dem Ersticken nahe, aus dem Zimmer und floh die Treppen hinauf. Die beiden Männer blickten ihr verblüfft nach. Georgs Vater machte Anstalten, ihr nachzurennen, doch Herr Roland hielt ihn zurück.

»Lassen Sie das Mädchen nur«, sagte er. »Es ist ein schwieriges Kind – und hat sich in den Kopf gesetzt, mich nicht zu mögen – das ist nun klar. Aber ich bin sehr froh, daß der Hund nicht mehr im Hause ist. Ich weiß nicht recht, ob Georgina ihn nicht doch einmal auf mich hetzen würde, wenn sie könnte.«

»Der Zwischenfall tut mir sehr leid«, sagte Onkel Quentin. »Ich möchte nur wissen, was für ein Geräusch Sie gehört hatten – wahrscheinlich war es ein Scheit Holz im Kamin. Was soll ich nur mit dem lästigen Hund heute nacht anfangen? Am besten sperre ich ihn aus.«

»Lassen Sie ihn heute hier«, sagte Herr Roland. »Ich höre oben sprechen. Die anderen sind jetzt leider auch alle wach. Wir wollen die Nachtruhe nicht weiter stören.«

»Ja – Sie haben recht«, sagte Onkel Quentin sichtlich erleichtert.

Die beiden Männer gingen wieder zu Bett.

Georg konnte nicht schlafen. Als sie wieder nach oben gekommen war, lagen die anderen wach, und sie erzählte ihnen, was sich ereignet hatte.

»Georg, du siehst wirklich Gespenster«, sagte Richard. »Langsam drehst du durch. Warum soll Herr Roland nicht hinuntergehen, wenn er ein verdächtiges Geräusch hört? Du bist doch auch hinuntergegangen. – Und jetzt muß unser guter, alter Tim hinaus in die eisige Kälte. Das ist alles nur deine Schuld!«

Anne war den Tränen nahe. »Benimm dich nicht wie ein Baby«, sagte Georg. »Ich weine ja auch nicht, und es ist *mein* Hund.«

Aber als alle sich wieder beruhigt hatten und friedlich schliefen, war Georgs Kissen von Tränen ganz naß. Tim kroch neben sie und leckte ihr die salzigen Tropfen von den Backen. Er winselte leise. Denn Tim war immer unglücklich, wenn seine kleine Herrin traurig war.

IX

Die Jagd nach dem Geheimgang

Am nächsten Tag hatten sie keinen Unterricht. Georg sah blaß aus und sagte keinen Ton. Tim war bereits draußen in der Hundehütte, und die Kinder konnten sein unglückliches Gewinsel hören. Das brachte Georg vollends aus der Fassung.

»Georg, der arme Tim tut mir echt leid«, sagte Richard. »Warum mußt du auch immer gleich so ausflippen? Reiß dich doch zusammen, Menschenskind! Das bringt doch nichts. Und der arme Kerl muß es jetzt ausbaden.«

Georg war mit sich und der Welt im Unfrieden. Wenn sie Herrn Roland bloß ansah, kam ihr schon die Galle hoch. Aber sie wagte es doch nicht, offen frech und aufsässig zu sein, weil sie wußte, der Lehrer würde es sofort ihrem Vater sagen – und der würde ihr dann vielleicht sogar verbieten, Tim auch nur zu *sehen*. Aber es fiel ihr verdammt schwer, sich wenigstens einigermaßen zu benehmen.

Herrn Roland beachtete sie überhaupt nicht. Die anderen Kinder versuchten, Georg in ihre Gespräche und Pläne einzubeziehen, aber sie blieb schweigsam und teilnahmslos.

»Georg! Wir gehen heute zum ›Felsenhof‹ hinüber«, sagte Richard. »Gehst du mit? Wir wollen den Eingang zum Geheimweg suchen. Irgendwo muß der Gang ja schließlich beginnen.«

Die Kinder hatten Georg natürlich erzählt, was ihnen Herr Roland über den Leinwandstreifen mitgeteilt hatte. Durch die Weihnachtstage war ihr Interesse ein wenig zurückgedrängt worden, jetzt aber brannten sie darauf, auf Entdeckungsreise zu gehen.

»Ja, natürlich gehe ich mit«, sagte Georg und sah dabei

etwas freundlicher aus. »Tim kommt auch mit. Er will spazierengehen.«

Aber als das Mädchen bemerkte, daß Herr Roland sich anschloß, änderte sie ihren Entschluß sofort. Das fehlte ihr gerade noch, mit dem Lehrer auszugehen. – Nein, sie würde allein mit Tim spazierengehen.

»Aber Georg, stell dir doch nur die Aufregung vor, wenn wir den Geheimgang suchen«, sagte Julius und hielt sie am Arm fest. Georg entwand sich ihm.

»Ich gehe nicht mit, wenn er dabei ist«, sagte sie widerspenstig, und die anderen merkten, daß weitere Überredungskünste zwecklos waren.

»Ich gehe allein mit Tim spazieren«, sagte sie giftig. »Schmeichelt euch bei eurem geliebten Roland ein!«

Sie machte sich mit Tim auf den Weg, und bald waren die beiden Gestalten am Ende des Gartenweges verschwunden. Die anderen blickten ihnen traurig nach. Das war scheußlich. Georg wurde mehr und mehr von allem ausgeschlossen, aber schließlich war sie ganz allein dran schuld.

»Nun, Kinder, seid ihr fertig?« fragte Herr Roland. »Geht bitte schon voraus. Ich treffe euch dann im Bauernhaus. Ich muß erst noch im Dorf etwas holen.«

So machten sich die drei Kinder allein auf den Weg und wünschten wirklich sehr, daß Georg bei ihnen wäre. Sie war aber nirgends zu sehen.

Herr und Frau Sanders freuten sich, die drei Kinder wiederzusehen. Sie mußten gleich mit in die große Küche kommen, wo sie Honigbrote und heiße Milch vorgesetzt bekamen.

»Na, seid ihr hier, um noch mehr Geheimnisse zu entdecken?« fragte Frau Sanders lächelnd.

»Dürfen wir es noch einmal versuchen?« fragte Julius.

»Wir suchen ein Zimmer, das nach Osten liegt, einen Steinboden hat und getäfelt ist.«

»Alle Räume hier haben Steinboden«, sagte Frau Sanders. »Ihr könnt alles durchstöbern, wenn ihr wollt. Ich weiß, daß ihr nichts kaputtmacht. Aber geht nicht in die beiden Zimmer nebenan. Da hab' ich nämlich die Maler einquartiert.«

»In Ordnung«, sagte Julius, der es sehr bedauerte, daß sie nicht wieder in dem aufregenden Schrank spielen konnten. »Sind denn die Maler schon hier? Ich möchte so gerne mit ihnen sprechen, ich will nämlich auch Maler werden.«

»Ach, wirklich?« sagte die alte Frau. »Sieh mal einer an! Ich wundere mich, wie manche Leute mit Bildermalen Geld verdienen können.«

»Künstler denken nicht nur ans Geldverdienen. Das Malen ist ihnen das Wichtigste«, erklärte Julius und sah sehr klug und weise aus. Frau Sanders mußte lachen.

»Ja, das klingt sehr einleuchtend«, sagte sie. »Aber ich will euch jetzt nicht aufhalten – geht nur – sucht, sucht, was ihr finden wollt. Du kannst heute sowieso nicht mit den beiden Malern sprechen, Julius. Sie sind ausgegangen.«

Die Kinder aßen ihre Brote, tranken ihre Milch und standen dann vom Tisch auf. Sie überlegten, wo sie mit der Suche beginnen sollten.

»Welche Seite des Hauses liegt nach Osten, Frau Sanders?« fragte Julius. »Wissen Sie es zufällig?«

»Ja, und nicht nur zufällig. Die Küche liegt genau nach Norden«, sagte die alte Frau. »Wo Osten ist, kannst du dir eigentlich dann selbst denken.«

»Danke«, sagte Julius und mußte lachen. »Vorwärts, kommt mit, Leute!« Die drei Kinder verließen die Küche und wandten sich nach rechts. Dort lagen drei Räume und eine Art Wasch- oder Spülküche, die aber nicht mehr oft benutzt wurde, ferner ein kleiner Raum, der als Rumpelkammer diente, außerdem ein ehemaliges Wohnzimmer, das jetzt kalt und verlassen stand.

»Überall Steinfußböden«, stellte Julius fest.

»Dann werden wir eben alle drei Räume durchstöbern«, sagte Anne.

»Nein«, bremste Julius. »Wir werden zum Beispiel nicht in der Spülküche suchen.«

»Warum nicht?« wollte Anne wissen.

»Weil die Wände aus Stein sind, Dummkopf, und wir brauchen getäfelte Wände«, sagte Julius. »Denk doch selber mal ein wenig nach, Anne.«

»Fein, das ist schon ein Raum weniger.« Richard rieb die Hände. »Sieh her – die Rumpelkammer und das alte Wohnzimmer haben beide getäfelte Wände. Wir müssen also in beiden suchen.«

»Es muß irgendeinen Grund haben, daß gerade acht Quadrate aufgezeichnet sind«, sagte Julius nachdenklich und betrachtete erneut den Leinwandstreifen. »Wir suchen also am besten nach einem Platz, der acht Quadrate auf einmal aufweist – ihr wißt, was ich meine – über einem Fenster oder so.«

Die Suche war sehr aufregend. Die Kinder begannen mit dem kleineren Raum. Die Wände waren mit dunklem Eichenholz getäfelt, aber nirgends sahen sie eine Stelle, wo sich nur acht Tafeln befanden. Deshalb gaben die Kinder die Suche hier bald auf und gingen in das nächste Zimmer.

Dort war die Täfelung anders. Sie schien nicht so alt zu sein. Die Quadrate hatten auch eine andere Größe. Die Kinder tasteten und drückten an jeder Tafel herum und warteten jeden Augenblick darauf, daß eine der Tafeln zu-

rückgleiten würde wie die in der Halle. Aber sie wurden enttäuscht.

Es geschah gar nichts.

Sie waren noch mitten im Suchen, als sie Schritte und Stimmen in der Halle hörten. Jemand schaute in das alte Wohnzimmer. Es war ein großer, hagerer Mann, der eine Brille auf seiner langen Nase trug.

»Hallo«, sagte er. »Frau Sanders hat mir erzählt, daß ihr

auf der Suche seid nach einem Schatz oder etwas Ähnlichem. Schon was gefunden?«

»Nein, noch nicht«, antwortete Julius. Er blickte zu dem Mann auf und sah hinter ihm einen zweiten stehen, der jünger war und einen großen Mund und ziemlich hervortretende Augen hatte. »Sind Sie die beiden Maler?« fragte er.

»Ja«, sagte der erste und trat vollends ins Zimmer. »Wonach sucht ihr denn eigentlich?«

Julius hatte keine Lust, ihm Genaueres zu verraten, deshalb druckste er herum: »Ach, wir sehen nur nach, ob... eh, ob sich die Täfelung vielleicht verschieben läßt.« Und nach einigem Zögern und einem warnenden Seitenblick zu Anne fügte er hinzu: »In der Halle gibt es so etwas. Es ist aufregend, so herumzustöbern.«

»Sollen wir helfen?« fragte der erste Maler. »Wie heißt ihr? Ich heiße Thoma, und mein Freund heißt Wilder.«

Die Kinder unterhielten sich eine Weile mit den Männern und wünschten im geheimen, die Maler würden bald wieder verschwinden. Wenn etwas zu finden war, dann wollten sie selbst es finden. Die ganze Freude wäre ihnen verdorben, wenn Erwachsene das Rätsel lösten.

Trotzdem waren sie bald alle wieder eifrig damit beschäftigt, die hölzernen Wände abzuklopfen. Um die Maler kümmerten sie sich nicht weiter. Sie waren mitten in der Arbeit, als eine Stimme hinter ihnen ertönte.

»Hallo! Meine Güte – seid ihr fleißig!«

Die Kinder drehten sich um und sahen ihren Lehrer in der Tür stehen. Auch die beiden Maler blickten ihn an.

»Ist das ein Freund von euch?« fragte Herr Thoma.

»Ja – unser Hauslehrer, er ist nett«, sagte Anne freundlich und lief zu Herrn Roland. »Das sind die beiden Maler, Herr Roland, Sie wissen schon...«

»Ach ja, ich habe von Ihnen gehört. Ja, ich bin der Hauslehrer der Kinder. Mein Name ist Roland.«

Die Männer nickten, der eine sagte: »Wilder«, und der andere deutete eine leichte Verbeugung an und murmelte: »Thoma.«

»Wohnen Sie hier?« fragte Herr Roland. »Ein sehr schönes altes Bauernhaus, nicht wahr?«

»Wir müssen doch noch nicht gehen, oder?« fragte Julius, der eine Uhr schlagen hörte.

»Ich fürchte, doch«, sagte Herr Roland. »Ich bin später gekommen, als ich dachte. In etwa fünf Minuten müssen wir aufbrechen – auf keinen Fall später. Ich werde euch noch ein bißchen helfen, den geheimnisvollen Weg zu finden.«

Aber soviel sie auch die Wand abtasteten und auf die Täfelung drückten – in beiden Zimmern –, sie konnten nichts entdecken. Das war wirklich eine große Enttäuschung.

»Jetzt müssen wir aber gehen«, sagte Herr Roland. »Kommt und verabschiedet euch von Frau Sanders.«

Sie gingen alle in die warme Küche, wo es köstlich duftete.

»Ist das unser Mittagessen, Frau Sanders?« fragte Herr Wilder. »Alle Achtung! Sie sind eine wundervolle Köchin!«

Frau Sanders lächelte. Dann wandte sie sich an die Kinder. »Nun, ihr Lieben, habt ihr gefunden, was ihr finden wolltet?«

»Nein«, antwortete Herr Roland für die anderen. »Wir konnten den Geheimgang nicht entdecken.«

»Den Geheimgang?« fragte Frau Sanders überrascht. »Was wißt denn ihr davon? Ich dachte, das sei längst vergessen – ich muß sogar gestehen, daß ich niemals an das Vorhandensein eines geheimen Ganges geglaubt habe.«

»Frau Sanders – Sie wissen also darüber Bescheid?« schrie Julius. »Wo ist er?«

»Das weiß ich nicht, mein Junge. – Das Geheimnis ist schon vor langer Zeit verlorengegangen«, sagte die alte Frau. »Ich erinnere mich noch, daß meine Großmutter mir etwas darüber erzählte, als ich noch jünger war als ihr jetzt. Aber ich habe mich damals nicht für solche Dinge interessiert. Ich war mehr für Kühe und Hühner und Schafe zu haben.«

»Frau Sanders – versuchen Sie doch, sich zu erinnern, bitte«, bettelte Richard. »Wo war dieser Geheimgang?«

»Man hat angenommen, daß es einen verborgenen Weg gibt, der von diesem Bauernhaus irgendwohin führt«, sagte die alte Frau. »Ich weiß aber ganz bestimmt nicht, wo. Er wurde in früheren Zeiten benutzt, um sich vor Feinden zu verstecken.«

Es herrschte allgemeine Enttäuschung darüber, daß Frau Sanders so wenig wußte. Die Kinder verabschiedeten sich und verließen das Haus zusammen mit ihrem Lehrer.

Georg war schon zu Hause, als sie das Felsenhaus erreichten. Ihre Backen waren nicht mehr so blaß, und sie begrüßte die Kinder ganz aufgeregt.

»Habt ihr etwas entdeckt? Ihr müßt mir alles erzählen«, sagte sie.

»Da ist nichts weiter zu erzählen«, begann Richard ziemlich niedergeschlagen. »Wir fanden drei Räume, die nach Osten gehen, Steinfußboden haben, und zwei von ihnen hatten getäfelte Wände. Wir haben alles abgetastet und beklopft – aber ohne Erfolg.«

»Wir haben auch die beiden Maler gesehen«, sagte Anne. »Einer war lang und dünn und hatte eine lange Nase und eine Brille. Der andere war jünger und hatte Froschaugen und einen Riesenmund.«

»Ich hab' die beiden draußen getroffen«, berichtete Georg. »Es müssen die beiden Maler gewesen sein. Der Roland war mit ihnen zusammen, und sie haben sich miteinander unterhalten. Sie haben mich nicht bemerkt.«

»Dann können es nicht die beiden Maler gewesen sein«,

entgegnete Anne sofort. »Herr Roland hat sie gar nicht gekannt. Sie haben sich im Bauernhaus zum erstenmal gesehen.«

»Ich weiß aber bestimmt, daß Herr Roland den einen der beiden ›Wilder‹ genannt hat«, entgegnete Georg verwirrt. »Er *muß* sie gekannt haben.«

»Wilder? So heißt der eine Maler!« rief Richard. »Komisch...«

»Es können trotzdem nicht die beiden Maler gewesen sein«, wiederholte Anne. »Es gibt sicher mehrere Leute, die Wilder heißen. Sie haben Herrn Roland wirklich nicht gekannt. Herr Thoma fragte, ob er ein Freund von uns ist.«

»Ich bin überzeugt, daß ich mich nicht geirrt habe«, sagte Georg heftig. »Wenn Herr Roland sagt, daß er die Maler nicht kennt, dann hat er eben gelogen.«

»Oh, du – du mußt immer was Schlechtes über ihn sagen!« rief Anne entrüstet. »Du läßt kein gutes Haar an ihm! Du lügst selber!«

»Pst!« zischte Julius. »Er kommt.«

Die Tür öffnete sich, und der Hauslehrer trat ein.

»Nun«, sagte er, »es war wirklich eine Enttäuschung, daß wir den Geheimgang nicht finden konnten, nicht wahr? Es war sowieso dumm von uns, im Wohnzimmer herumzusuchen – die Holztäfelung dort ist nicht sehr alt – sie muß viel später eingebaut worden sein.«

»Na, schön – dann hat es keinen Zweck, dort noch einmal nachzusehen«, sagte Julius enttäuscht. »Und in dem anderen kleinen Raum werden wir bestimmt auch nichts finden. Wir haben jeden Fleck abgeklopft. Das ist wirklich zu schade.«

»Ja, wirklich«, stimmte ihm Herr Roland bei. »Na, hast du dich mit den beiden Malern über Bilder unterhalten?

Scheinen nette Kerle zu sein, und ich freue mich schon darauf, sie näher kennenzulernen.«

Georg sah den Lehrer forschend an. War es möglich, daß er so ruhig lügen konnte? Das Mädchen stand vor einem Rätsel. Sie war überzeugt, daß es die beiden Maler waren, mit denen er sich getroffen hatte. Aber warum gab er vor, sie nicht zu kennen? Sollte sie sich doch geirrt haben? Sie wußte es nicht, nahm sich jedoch fest vor, die Wahrheit herauszufinden, soweit es in ihrer Macht stand.

X

Ein Schreck für Georg und Tim

Am nächsten Morgen hatten die Kinder wieder Unterricht – und kein Tim lag unter dem Tisch! Georg hatte nicht übel Lust, zu streiken. Aber wozu soll das gut sein? fragte sie sich. Erwachsene waren so mächtig, sie konnten alle möglichen Strafen verhängen. Ihr selbst war es völlig gleichgültig, wie schwer sie bestraft wurde, aber sie konnte es nicht ertragen, daß auch Tim die Strafen teilen mußte.

Und so setzte sich das Mädchen blaß und mit verkniffenem Gesicht zu den anderen an den Tisch. Anne zeigte großen Eifer und gab sich alle Mühe, Herrn Roland zu gefallen, weil er ihr den Rauschgoldengel vom Christbaum geschenkt hatte.

Georg hatte den Engel nur stirnrunzelnd angesehen, als Anne ihn ihr stolz gezeigt hatte. Sie mochte weder Puppen noch Engel, und am allerwenigsten mochte sie etwas, was Roland ausgesucht hatte.

Georg gab sich jedoch alle Mühe, Unannehmlichkeiten zu vermeiden. Herr Roland zeigte weder an ihr noch an ihrer Arbeit Interesse. Er lobte die anderen und bemühte sich, Julius ein paar schwierige Aufgaben zu erklären.

Die Kinder hörten Tim draußen winseln. Es tat ihnen weh, denn Tim war ihr Freund. Sie durften nicht daran denken, daß er so einsam und frierend in der Hundehütte saß. Als die Zehnminutenpause gekommen und Herr Roland für einige Minuten aus dem Zimmer gegangen war, wandte sich Julius an Georg:

»Georg! Es ist furchtbar, unseren guten, alten Tim draußen in der Kälte winseln zu hören. Ich glaube, er hustet auch schon. Soll ich mit Herrn Roland reden? Es muß gräßlich für dich sein, Tim draußen zu wissen.«

»Ich glaube, ich hab' ihn auch husten hören«, sagte Georg bekümmert. »Hoffentlich erkältet er sich nicht. Er kann es nicht verstehen, warum ich ihn dort eingesperrt habe. Er denkt sicher, ich bin grausam und gemein.«

Georg wandte ihren Kopf weg, weil sie Angst hatte, daß ihr Tränen in die Augen treten könnten. Sie war stolz darauf, daß sie niemals weinte – aber wenn sie an Tim draußen in dem kalten Wetter dachte, dann war es schwer, die Tränen zurückzuhalten.

Richard nahm sie beim Arm. »Hör zu, Georg – ich weiß, daß du Herrn Roland haßt, aber das ist dein Problem. Wir haben aber alle was dagegen, daß der arme Tim dauernd draußen sein muß, und noch dazu heute, wo es aussieht, als ob's schneien würde. Und daran bist du schuld mit deinem zickigen Getue. Jetzt reiß dich heute gefälligst ein bißchen zusammen, okay? Damit der Roland deinem Vater heute abend berichten kann, daß du dich anständig aufgeführt hast. Und dann fragen wir Herrn Roland, ob Tim wieder ins Haus darf, ja?«

Wieder hustete Tim draußen im Hof, und Georgs Herz krampfte sich zusammen. Wenn er jetzt eine Lungenentzündung bekäme – und sie könnte ihn nicht pflegen, weil er in der Hundehütte wohnen mußte! Sie müßte sterben vor Kummer. Sie wandte sich an Julius und Richard.

»In Ordnung«, sagte sie. »Ja, ich hasse Herrn Roland von ganzem Herzen – aber ich liebe Tim noch mehr. Und um Tims willen werde ich heucheln und lieb und artig und fleißig sein, daß euch die Augen rausfallen. Und dann könnt ihr das Ekel bitten, Tim wieder zurückkommen zu lassen.«

»Na also, das klingt schon besser«, lobte Julius. »Da kommt Herr Roland. Kopf hoch, Georg!«

Zum größten Erstaunen des Lehrers lächelte Georg ihn strahlend an, als er das Zimmer betrat. Es kam so unerwartet, daß es ihn verwirrte. Es machte ihn noch unsicherer, als er merkte, daß Georg fleißiger arbeitete als die anderen und ihm ohne Zögern antwortete, wenn er sie ansprach. Er lobte sie. »Sehr gut, Georgina. Du bist also doch vernünftig, wie ich sehe.«

»Ja«, sagte Georg und verzog das Gesicht zu einem dünnen und etwas gezwungenen Lächeln – aber es war immerhin ein Lächeln.

Beim Mittagessen überschlug sich Georg beinahe vor Höflichkeit – sie reichte ihm das Salz, bot ihm Brot an und stand sogar auf, um das Glas wieder zu füllen, nachdem er es ausgetrunken hatte. Den anderen fielen vor Staunen beinahe wirklich die Augen raus. »Übertreib es nicht«, raunte Julius ihr zu. Herr Roland schien sehr erfreut zu sein, er scherzte mit ihr und fragte sie, ob er ihr noch ein Buch über Hunde leihen soll. Georgs Mutter war selig. Überhaupt verlief an diesem Tage alles viel fröhlicher.

»Georg, du gehst besser aus dem Zimmer, bevor dein Vater hereinkommt, um Herrn Roland nach deinem Benehmen zu fragen«, riet Julius etwas später. »Denn wenn er dir ein gutes Zeugnis ausstellt, werden wir alle fragen, ob Tim zurückkommen darf. Es wird leichter sein, wenn du nicht im Zimmer bist.«

»In Ordnung«, sagte Georg. Sie wünschte sehnlichst, daß dieser schwere Tag zu Ende ginge. Das Heucheln fiel ihr gar zu schwer. Sie würde es auch nie fertigbringen, wenn es nicht um Tim ginge.

Es war gerade sechs Uhr, als Georg ihren Vater kommen hörte. Schnell verschwand sie aus dem Zimmer. Er kam herein und nickte Herrn Roland zu.

»Nun? Wie geht's? Haben Ihre Schüler gut gearbeitet?« fragte er.

»Sehr gut, ausgezeichnet«, antwortete Herr Roland. »Julius hat heute eine schwierige Aufgabe gemeistert, die er vorher nie verstanden hat. Richard war in Latein sehr fleißig. Anne hat eine französische Übung geschrieben, ohne auch nur einen einzigen Fehler zu machen.«

»Und wie ist es mit Georg?« fragte ihr Vater.

»Georgina?« sagte Herr Roland. Er überzeugte sich, daß sie nicht im Zimmer war. »Sie hat besser gearbeitet als alle anderen zusammen! Ich habe mich sehr über sie gefreut. Sie hat sich große Mühe gegeben und war höflich und freundlich. Sie hat es sich anscheinend doch anders überlegt.«

»Sie war ein prima Kerl heute«, sagte Julius herzlich. »Onkel Quentin, sie hat sich Riesenmühe gegeben, ganz bestimmt. Aber, weißt du, sie ist furchtbar unglücklich.«

»Warum?« fragte Onkel Quentin überrascht.

»Wegen Tim«, sagte Julius. »Weil er draußen in der Kälte liegt und einen fürchterlichen Husten hat!«

»Ach, Onkel Quentin, laß doch bitte den armen Tim wieder hereinkommen«, bettelte Anne.

»O ja, bitte, bitte«, fing jetzt auch Richard an. »Nicht nur wegen Georg, auch wegen uns. Es ist einfach gräßlich, ihn draußen winseln zu hören. Und Georg verdient eine Belohnung, Onkel – sie ist heute großartig gewesen.«

»Hm«, sagte Onkel Quentin und blickte zweifelnd in die eifrigen Gesichter vor ihm, »hm, ich weiß nicht, was ich sagen soll. Wenn Georg vernünftig sein will – und das Wetter noch schlechter wird – dann...«

Er sah erwartungsvoll zu Herrn Roland hinüber. Aber der Lehrer sagte nichts zugunsten des Hundes. Er schwieg verärgert.

»Wie denken Sie darüber, Herr Roland?« fragte Onkel Quentin.

»Meiner Meinung nach sollten Sie bei Ihrer Anordnung bleiben und den Hund draußen lassen«, sagte der Lehrer. »Georg ist verwöhnt und braucht strenge Behandlung. Sie sollten wirklich bei Ihrem ersten Entschluß bleiben. Es besteht überhaupt kein Grund zum Nachgeben – nur weil das Mädel einmal versucht hat, sich vernünftig zu verhalten? Nein.«

Die drei Kinder blickten Herrn Roland fassungslos und erschrocken an. Sie hatten bestimmt geglaubt, ihr Lehrer würde zu ihnen halten.

»Herr Roland, Sie sind gräßlich«, jammerte Anne. »Bitte, bitte, sagen Sie doch, daß Tim wieder ins Haus darf!«

Der Lehrer sah Anne nicht an. Er spitzte den Mund unter seinem dichten Schnurrbart und blickte Onkel Quentin scharf ins Gesicht.

»Gut«, sagte Onkel Quentin, »vielleicht ist es besser, abzuwarten, ob Georg sich eine ganze Woche lang gut benehmen kann. Ein Tag besagt noch nicht viel.«

Die Kinder blickten ihn voll Empörung an. Sie hielten diese Entscheidung für unfair und grausam. Herr Roland nickte zufrieden.

»Ja«, sagte er, »eine ganze Woche ist besser. Wenn Georgina sich so lange gut benimmt, können wir uns wieder über den Hund unterhalten. Im Augenblick halte ich es für angebracht, ihn draußen zu lassen.«

»Das ist also geklärt«, sagte Onkel Quentin und verließ das Zimmer. Unter der Tür blieb er stehen und rief zurück: »Wenn Sie Lust haben, kommen Sie doch einmal in mein Arbeitszimmer hinüber, Roland. Ich bin mit meiner Formel ein Stück weitergekommen. Ich stecke jetzt mitten in einem sehr interessanten Abschnitt.«

Die drei Kinder sahen einander schweigend an. Wie gemein von dem Lehrer, Onkel Quentin zu überreden, daß er den Hund nicht hereinließ! Roland sah ihre enttäuschten Gesichter.

»Es tut mir leid, euch eine Enttäuschung bereitet zu haben«, sagte er. »Aber wenn Tim euch einmal gebissen und nach euch geschnappt hätte, dann wärt ihr gewiß auch nicht so versessen darauf, ihn im Hause zu haben.«

Er verließ den Raum. Eine Weile später kam Georg herein. Ihr Gesicht verriet große Spannung. Aber als sie die bedrückten Gesichter der anderen sah, wußte sie schon genug.

»Darf Tim nicht wieder ins Haus?« fragte sie schnell. »Was ist passiert? Nun sagt doch einen Ton!«

Sie erzählten es ihr. Das Gesicht des Mädchens wurde immer finsterer und böser.

»Oh, was für ein Mistkerl!« schrie sie. Ich hasse ihn, ich hasse ihn! Das werde ich ihm heimzahlen! Er soll sich nur vorsehen!«

Sie stürzte aus dem Zimmer. Man hörte sie durch die Halle eilen, und dann wurde die Haustür zugeknallt.

»Sie ist nach draußen gegangen, obwohl es dunkel ist«, sagte Julius. »Sie ist sicher bei Tim. Armer, alter Tim! Jetzt wird sich Georg noch schlimmer benehmen als vorher.«

In der Nacht konnte Georg kein Auge zutun. Sie warf sich im Bett hin und her und lauschte. Sie hörte Tim husten. Sie hörte ihn winseln. Er fror, das wußte sie. Sie hatte zwar eine ganze Menge Stroh in seine Hütte gestreut und sie so gedreht, daß der kalte Wind nicht durch das Eingangsloch pfeifen konnte, aber trotzdem mußte Tim die bitterkalte Nacht spüren, nachdem er so lange in Georgs Bett geschlafen hatte.

Tim hustete so hohl, daß Georg es nicht länger ertragen konnte. Sie mußte zu ihm hinuntergehen. Ich hol' ihn für kurze Zeit ins Haus und reib' seine Brust mit der Arznei ein, die Mutti immer benutzt, wenn sie erkältet ist, dachte das Mädchen. Vielleicht tut es ihm gut.

Sie zog sich schnell etwas über und schlich nach unten. Das ganze Haus war ruhig. Sie schlüpfte in den Hof und ließ Tim aus der Hütte.

Er freute sich wahnsinnig, sprang an ihr hoch und leckte ihr liebkosend Gesicht und Hände.

»Komm schnell für einen Augenblick ins Warme«, flüsterte das Mädchen. »Ich will deine Brust ein bißchen mit Öl einreiben.«

Tim lief hinter ihr her ins Haus. Sie nahm ihn in die Küche, aber das Feuer war aus und der Raum kalt. Georg sah in den anderen Zimmern nach.

Im Arbeitszimmer ihres Vaters war noch Glut im Kamin. Sie ging mit Tim hinein, ohne das Licht anzuschalten, denn die Feuerglut verbreitete genügend Helligkeit. Die kleine Flasche mit dem Öl hatte sie aus dem Badezimmer mitgebracht. Sie stellte sie neben das Feuer, um sie anzuwärmen.

Dann rieb sie die haarige Brust des Hundes ein, in der Hoffnung, daß es ihm guttun werde. »Möglichst nicht husten, Tim«, flüsterte sie. »Wenn du das tust, hört dich jemand. Leg dich hier beim Feuer nieder, mein Guter, und wärm dich schön auf. Deine Erkältung wird schon besser werden.«

Tim streckte sich auf dem Teppich aus. Er war froh, aus der Hütte heraus und wieder bei seiner Herrin zu sein. Er legte seinen Kopf auf ihr Knie. Georg streichelte ihn und redete mit ihm im Flüsterton.

Das Licht des Feuers brach sich in den Instrumenten

und Glasröhren, die auf den Regalen und auf dem Arbeitstisch standen. Ein Holzscheit bewegte sich, rutschte etwas tiefer und sprühte dabei einige Funken hoch. Es war warm und friedlich in dem Zimmer.

Das Mädchen schlief ein. Der große Hund schloß ebenfalls die Augen und ruhte sich aus, glücklich und zufrieden. Georg machte es sich mit ihrem Kopf an seinem Hals bequem.

Sie erwachte, als sie die Standuhr im Arbeitszimmer sechsmal schlagen hörte. Sechs Uhr! Himmel! Johanna, die Köchin, würde bald aufstehen. Sie durfte sie mit dem Hund auf keinen Fall hier finden!

»Tim, Liebling! Wach auf! Ich muß dich wieder in die Hütte zurückbringen«, flüsterte Georg. »Deine Erkältung wird jetzt bestimmt besser werden. Du hast nicht ein einziges Mal gehustet, seit ich dich hereingelassen habe. Steh auf – und mach keinen Krach. Pst!«

Tim stand auf und schüttelte sich. Er leckte Georgs Hand. Er verstand, daß er still sein mußte. Die beiden schlüpften aus dem Arbeitszimmer, gingen durch die Halle und zur Tür hinaus. In Sekundenschnelle lag Tim wieder in der Hütte und kuschelte sich ins Stroh. Georg hätte sich am liebsten neben ihn gelegt. Sie gab ihm einen leichten Klaps und ging ins Haus zurück.

Sie ging nach oben, schläfrig und durchfroren. Halbangezogen fiel sie ins Bett und war im Handumdrehen eingeschlafen.

Als Anne am nächsten Morgen aufstand, war sie höchst erstaunt, Georg mit Unterzeug und Morgenmantel im Bett zu finden. »Was ist denn mit dir los?« sagte sie. »Du bist ja halb angezogen. Ich habe doch mit eigenen Augen gesehen, wie du dich gestern abend ausgezogen hast!«

»Sei still!« sagte Georg. »Ich bin hinuntergegangen und

habe Tim hereingelassen. Wir haben uns im Arbeitszimmer vors Feuer gelegt, und ich hab ihn mit Öl eingerieben. Wehe, wenn du auch nur ein Sterbenswörtchen davon verrätst! Ehrenwort?«

Anne versprach es – und hielt ihr Versprechen auch getreulich. Sie bewunderte Georg, daß sie gewagt hatte, mitten in der Nacht hinauszugehen und den Hund hereinzuholen.

XI

Gestohlene Papiere

»Georg, reiß dich heut am Riemen, ja?« sagte Julius nach dem Frühstück. »Du brauchst ja nicht unbedingt eine solche Schau abzuziehen wie gestern. Aber denk an Tim.«

»Bildet du dir etwa ein, daß ich mich gut benehme, wenn ich ganz genau weiß, daß Herr Roland es nicht erlauben wird, daß Tim ins Haus kommt?« sagte Georg.

»Jetzt halt mal die Luft an – sie sprachen von ›einer Woche‹«, meinte Richard. »Kannst du es nicht eine Woche lang versuchen?«

»Nein. Wenn die Woche vorbei ist, wird er sagen, man soll es noch eine Woche versuchen«, sagte Georg. »Er hat einen richtigen Haß auf den armen Tim. Und auf mich auch. Das ist mir zwar so egal wie nur was. Aber er sollte seine Abneigung nicht auch noch auf Tim übertragen.«

»Georg, wenn du so ekelhaft bist und dauernd Schwierigkeiten machst, wirst du dir und uns die ganzen Ferien verderben«, sagte Anne.

»Dann verderbe ich sie eben«, sagte Georg trotzig.

»Ich verstehe nicht, warum du sie auch uns verderben mußt«, warf Julius ein.

»Eure Ferien werden dadurch ja nicht verdorben«, sagte Georg. »Ihr könnt ja Spaß haben, soviel ihr wollt – geht nur mit eurem lieben Herrn Roland spazieren, albert mit ihm herum, kriecht ihm hinten rein und laßt euch von ihm für blöd verkaufen, soviel und sooft ihr wollt. Aber ich mach da nicht mit! Um mich braucht ihr euch nicht zu kümmern.«

»Du bist eine blöde Ziege, Georg«, sagte Julius seufzend. »Wir mögen dich doch, und ohne dich macht's gar keinen Spaß. Es ist doch öd', wenn du dauernd beleidigt irgendwo rumhängst.«

»Wirklich zu gütig! Aber ihr braucht euch um mich keine Sorgen zu machen, das hab' ich doch gerade gesagt!« rief Georg mit erstickter Stimme. »Ich gehe nach draußen zu Tim. Und ich komm' heute auch nicht zum Unterricht.«

»Georg! Du mußt!« riefen Richard und Julius gleichzeitig.

»Ich muß gar nichts«, erwiderte Georg. »Ich komme einfach nicht. Ich werde nicht mit dem Roland arbeiten, bis er sagt, daß ich meinen Tim im Hause behalten darf.«

»Du weißt doch ganz genau, daß das schiefgeht. Du handelst dir bloß 'ne Menge Probleme ein«, bemerkte Richard.

»Und wenn schon! Wenn ich es gar nicht mehr aushalten kann, dann hau' ich einfach ab«, sagte Georg mit zitternder Stimme. »Ja, ich laufe mit Tim zusammen weg.«

Sie verließ das Zimmer und schloß die Tür mit einem lauten Knall. Die anderen starrten ihr nach. – Wie konnte man aus einem Menschen wie Georg klug werden! Wenn man nett zu ihr war und auf ihre Ticks Rücksicht nahm, konnte man sie um den kleinen Finger wickeln – aber sobald sie sich einbildete, daß man sie nicht mochte, oder wenn sie selbst jemanden nicht ausstehen konnte, rastete sie völlig aus.

Herr Roland kam ins Wohnzimmer mit seinen Büchern unter dem Arm. Er lächelte die drei Kinder an.

»Nun? Ihr wartet alle schon, wie ich sehe. Wo ist Georg?«

Niemand antwortete. Verraten würden sie Georg bestimmt nicht, da konnte er lange warten.

»Wißt ihr nicht, wo sie ist?« fragte Herr Roland überrascht. Er blickte Julius an.

»Nein, Herr Roland«, sagte Julius wahrheitsgemäß. »Ich habe nicht die geringste Ahnung.«

»Na schön, sie wird wohl gleich kommen«, sagte der Hauslehrer. »Sie wird draußen sein und ihren unmöglichen Hund füttern.«

Sie begannen zu arbeiten. Die Zeit verging, aber Georg erschien nicht. Herr Roland sah auf die Uhr und schnalzte ungeduldig mit der Zunge.

»Es ist unerhört von Georg, sich so zu verspäten. Anne, geh und sieh zu, ob du sie findest.«

Anne ging. Sie sah im Schlafzimmer nach – kein Georg. Sie schaute in die Küche. Dort sah sie Johanna beim Kuchenbacken. Die wußte auch nicht, wo Georg war. Sie gab der kleinen Anne schnell noch ein Stück Kuchen zum Kosten.

Anne ging zurück und berichtete Herrn Roland. Er wurde wütend.

»Ich werde es ihrem Vater erzählen«, sagte er. »Ich habe noch nie zuvor mit einem so aufsässigen Kind zu tun gehabt. Sie scheint es darauf anzulegen, nichts als Schwierigkeiten zu machen.«

Sie nahmen den Unterricht wieder auf. Zur Pause war Georg immer noch nicht erschienen. Julius schlüpfte aus dem Zimmer in den Hof. Die Hundehütte war leer. Georg war also mit Tim weg. Das gab vielleicht ein Donnerwetter, wenn sie zurückkam!

Kaum hatten die Kinder sich wieder an ihre Arbeit gesetzt, um die letzten Aufgaben zu lösen, als sie gestört wurden.

Onkel Quentin stürzte ins Zimmer. So aufgeregt und besorgt hatten sie ihn noch nie gesehen.

»Ist jemand von euch Kindern in meinem Arbeitszimmer gewesen?« fragte er aufs höchste erregt.

»Nein, Onkel Quentin«, antworteten alle.

»Du hast es uns doch verboten«, fügte Julius hinzu.

»Warum fragen Sie? Ist etwas nicht in Ordnung?« wollte Herr Roland wissen.

»Ja – die Reagenzgläser, die ich gestern für einen Versuch vorbereitet habe, sind zerbrochen – und was viel, viel schlimmer ist – die wichtigsten Seiten aus meinem Manuskript sind verschwunden!« rief Onkel Quentin. »Mir ist es unverständlich. Seid ihr *ganz* sicher«, fragte er noch einmal eindringlich, »daß keiner von euch sich an meinen Sachen im Arbeitszimmer zu schaffen gemacht hat?«

»Ganz sicher«, antworteten sie. Anne wurde plötzlich blaß. Ihr fiel jetzt ein, was Georg ihr erzählt hatte. Sie hatte doch gesagt, sie habe Tim in Onkel Quentins Arbeitszimmer gelassen und seine Brust mit Öl eingerieben! Aber Georg hatte ganz bestimmt nicht die Reagenzgläser zerbrochen und die Blätter aus dem Manuskript ihres Vaters genommen.

Herr Roland hatte Annes Unsicherheit bemerkt.

»Weißt du etwas Näheres darüber, Anne?« fragte er.

»Nein, Herr Roland«, sagte sie und errötete.

Sie fühlte sich sehr unbehaglich in ihrer Haut.

»Wo ist Georg?« fragte Onkel Quentin plötzlich.

Die Kinder schwiegen, aber Herr Roland antwortete: »Wir wissen es nicht. Sie kam nicht zum Unterricht.«

»Wie? Sie kam nicht zum Unterricht? Warum nicht?« fragte er erregt und runzelte die Stirn.

»Das hat sie uns nicht verraten«, sagte Herr Roland trocken. »Ich nehme an, daß sie sich darüber aufgeregt hat, weil wir wegen des Hundes nicht nachgegeben haben.

Ihre Tochter ist es offensichtlich gewöhnt, ihren Willen durchzusetzen.«

»Das ist ja die Höhe!« tobte Georgs Vater. »Ich weiß wirklich nicht, was in letzter Zeit in sie gefahren ist. – Fanny! Hast du gewußt, daß Georg heute nicht zum Unterricht war?«

Tante Fanny kam ins Zimmer. Sie sah sehr besorgt aus. In ihrer Hand hielt sie eine kleine Flasche.

»Nicht zum Unterricht?« wiederholte die Tante. »Wie seltsam. Wo ist sie denn?«

»Ich glaube nicht, daß Sie sich ihretwegen Sorgen zu machen brauchen«, sagte Herr Roland sanft. »Sie ist wahrscheinlich in ihrer Wut mit Tim fortgegangen. Was mir viel wichtiger scheint, ist die Tatsache, daß Ihre Arbeit durch irgend jemand vernichtet wurde. Hoffentlich hat Georg nicht ihre Hände dabei im Spiel gehabt – vielleicht wollte sie sich dafür rächen, daß Sie die Rückkehr des Hundes ins Haus nicht erlaubten.«

»Georg war es aber bestimmt nicht!« schrie Richard, der sich darüber aufregte, daß jemand überhaupt auf den Gedanken kommen konnte, seine Kusine zu verdächtigen. »Und überhaupt, *Sie* wollen doch den Hund nicht im Haus haben!«

»Georg würde es nie im Traum einfallen, so etwas zu tun!« rief auch Julius.

»Nein, nein – ganz bestimmt nicht«, sagte Anne und hielt Georg tapfer die Stange, obwohl ein schrecklicher Zweifel in ihrem Kopf aufgetaucht war. Georg *war* doch gestern nacht im Arbeitszimmer gewesen!

»Quentin, ich weiß, daß Georg noch nicht einmal an so etwas *denken* würde«, sagte ihre Mutter. »Du wirst die fehlenden Seiten schon irgendwo finden – wahrscheinlich hast du sie verlegt. Und was die Reagenzgläser anbelangt, wurden sie vielleicht von einer flatternden Gardine umgerissen? Wann hast du die Seiten das letzte Mal gesehen?«

»Gestern abend«, sagte Onkel Quentin. »Ich hab' meine Aufzeichnungen noch einmal durchgesehen und die Zahlen durchgerechnet, um mich zu vergewissern, daß sie richtig sind. Diese Seiten enthalten das Herzstück meiner Formel! Wenn jemand anders sie in die Hände bekäme, dann könnte mein Geheimnis ausgewertet werden! Meine ganze Arbeit wäre umsonst gewesen. Das ist ein schwerer Schlag für mich! Ich muß unbedingt diese Seiten wiederfinden!«

»Das wirst du bestimmt, Quentin. Übrigens, das hier habe ich in deinem Arbeitszimmer gefunden«, sagte Tante Fanny und hielt die kleine Flasche hoch, die sie mitgebracht hatte. »Hast du sie gebraucht? Sie stand beim Kamin.«

Onkel Quentin nahm die Flasche in die Hand und sah sie an. »Kampferöl«, sagte er. »Ich habe es ganz gewiß nicht gebraucht. Warum sollte ich auch!«

»Hm – wer mag sie nur dahin gestellt haben?« fragte Tante Fanny ganz verwirrt. »Keines der Kinder ist erkältet – und sie würden sowieso niemals von selbst an Kampferöl denken und es ausgerechnet in dein Arbeitszimmer bringen. Es ist mir ein Rätsel.«

Alle schienen darüber nachzugrübeln, wie die Flasche mit dem Kampferöl in das Zimmer gekommen sein mochte.

Nur Anne brauchte sich nicht den Kopf darüber zu zerbrechen. Sie wußte es! Der Gedanke traf sie wie ein Blitz. Anne wurde wieder blaß, als sie die Flasche sah. Herr Roland, der heute morgen Augen wie ein Luchs zu haben schien, sah das Mädchen scharf an.

»Anne, du weißt etwas über das Öl!« sagte er plötzlich. »Was weißt du darüber? Hast *du* es dorthin gestellt?«

»Nein«, erwiderte Anne. »Ich war nicht im Arbeitszimmer. Das hab' ich doch schon gesagt.«

»Weißt du etwas über das Öl?« bohrte Herr Roland weiter. »Du *weißt* etwas, nicht wahr?«

Die anderen starrten Anne an. Sie senkte die Augen. Das war einfach schrecklich! Sie konnte doch Georg nicht verraten. Nein – das konnte sie nicht tun. Georg hatte schon genug Ärger am Hals. Sie preßte ihren Mund fest zusammen und antwortete nicht.

»Anne!« sagte Herr Roland streng. »Antworte, wenn du gefragt wirst.«

Anne schwieg. Die beiden Jungen sahen sie verwundert an. Sie errieten, daß ihr Schweigen etwas mit Georg zu tun haben mußte.

»Liebe Anne«, sagte Tante Fanny freundlich. »Erzähl es uns doch, wenn du etwas darüber weißt. Du brauchst keine Angst zu haben. Es hilft uns vielleicht, herauszufinden, was mit Onkel Quentins Papieren geschehen ist. Es ist wirklich sehr, sehr wichtig.«

Anne sagte noch immer nichts. Ihre Augen füllten sich mit Tränen. Julius legte ihr die Hand auf den Arm.

»Laßt Anne in Ruhe«, fuhr er die Erwachsenen an. »Wenn sie nicht darüber reden will, dann hat sie bestimmt ihre Gründe. Hackt nicht dauernd auf ihr rum!«

»Ich bin der Meinung, daß sie nur Georg decken will«, sagte Herr Roland. »Stimmt's, Anne?«

Das Mädchen brach in Tränen aus. Julius legte einen Arm um seine kleine Schwester und fühlte sich ganz in der Rolle des männlichen Beschützers. Wenn sie ihn mit ihrer ängstlichen Art auch manchmal ganz schön nervte, Erwachsenen gegenüber nahm er sie immer in Schutz.

»Könnt ihr Anne nicht endlich in Ruhe lassen? Ihr seid richtig gemein.«

»Wir werden Georg selbst erzählen lassen, wenn sie zurückkehrt«, meinte jetzt Herr Roland. »Sie weiß ganz bestimmt, wie die Flasche dorthin gelangt ist – und wenn sie sie selbst dorthin gestellt hat, dann muß sie ja wohl im Arbeitszimmer gewesen sein. Dann ist die Sache ja klar.«

Die Jungen glaubten nicht einen Augenblick daran, daß Georg die Arbeit ihres Vaters mutwillig zerstört haben könnte. Anne allerdings befürchtete es und schluchzte nur noch mehr.

»Wenn Georg zurückkommt, dann schickt sie sofort zu mir«, sagte Onkel Quentin gereizt. »Wie soll man bei die-

sen dauernden Aufregungen arbeiten können! Ich war von Anfang an dagegen, Kinder im Haus zu haben.«

Er verließ wütend das Zimmer. Die Kinder atmeten auf. Herr Roland klappte die Bücher auf dem Tisch mit einem Knall zusammen.

»Wir hören für heute vormittag mit dem Unterricht auf. Zieht euch etwas über und geht bis zum Mittagessen spazieren.«

»Ja«, sagte Tante Fanny, die beunruhigt und besorgt aussah. »Das ist ein guter Gedanke.«

Herr Roland und Tante Fanny verließen ebenfalls das Zimmer. »Ich weiß nicht, ob der Roland vorhat, mitzukommen«, sagte Julius leise. »Wenn ja, dann müssen wir sehen, daß wir vor ihm draußen sind und verschwinden. Wir müssen unbedingt Georg finden und ihr erzählen, was passiert ist. Wir müssen sie warnen.«

»Du hast recht«, stimmte ihm Richard bei. »Hör jetzt auf zu heulen, Anne. Beeil dich und zieh dich an. Wir verduften durch den Garten, bevor der Roland herunterkommt. Wahrscheinlich rennt Georg auf den Klippen rum. Wir müssen sie abfangen!«

Die drei Kinder schlüpften schnell in ihre Anoraks und schlichen zur Hintertür hinaus, die in den Garten führte. Dann rasten sie den Gartenweg entlang und zum Tor hinaus – bevor Herr Roland auch nur ahnte, daß sie verschwunden waren. Sie machten sich auf den Weg zu den Klippen und hielten Ausschau nach Georg.

»Da ist sie – und Tim auch!« rief Julius und deutete mit dem Finger in die Richtung der Klippen. »Georg! Georg! Komm schnell! Wir müssen dir was ganz Wichtiges erzählen!«

XII

Georg in Schwierigkeiten

»Was gibt's?« fragte Georg, als die drei Kinder heranstürmten. »Ist irgend etwas passiert?«

»Allerdings! Jemand hat die drei wichtigsten Seiten aus dem Manuskript von deinem Vater geklaut!« keuchte Julius. »Und außerdem die Reagenzgläser zerbrochen, mit denen dein Vater seine Versuche unternommen hat. Herr Roland hat gemeint, daß du etwas damit zu tun hast.«

»Dieser Mistkerl!« zischte Georg, und ihre Augen wurden dunkel vor Wut. »Als ob ich jemals so etwas tun würde! – Wieso kommt er ausgerechnet auf mich?«

»Weil du die Ölflasche im Arbeitszimmer hast stehenlassen«, sagte Anne. »Ich habe niemandem verraten, was du mir erzählt hast, aber irgendwie hat Herr Roland erraten, daß du was mit der Ölflasche zu tun hast.«

»Du hast also nicht einmal bei den Jungen gequatscht? Das find' ich echt Klasse«, sagte Georg und fügte hinzu: »Da ist eigentlich auch nicht viel zu erzählen, Julius. Ich hab' den armen Tim in der Nacht husten hören. Deshalb bin ich rausgeschlichen und hab' ihn ins Arbeitszimmer gelassen, weil dort noch Feuer im Kamin war.

Ich weiß, daß Mutter eine Flasche mit Öl hat, mit dem sie sich einreibt, wenn sie erkältet ist. Da hab' ich mir gedacht, das wird Tim auch guttun. Also hab' ich das Öl aus dem Badezimmer geholt und Tim damit eingerieben, und dann sind wir beide vor dem Feuer eingeschlafen. Ich bin erst aufgewacht, als es sechs Uhr geschlagen hat. Ich war gar nicht ganz wach, und deshalb hab' ich das Öl einfach vergessen. Das ist alles.«

»Und du hast keine Blätter aus Onkel Quentins Manuskript genommen und hast auch nichts kaputt gemacht? Ich meine, weil du so verschlafen warst?« fragte Anne.

»Natürlich nicht«, sagte Georg entrüstet. »Wie kannst du nur so dumm fragen? Du bist wohl verrückt?«

Georg log niemals, und deshalb glaubten die anderen ihr, was immer sie auch sagte. Sie standen im Kreis und blickten einander ratlos an.

»Ich möchte nur wissen, wer die Seiten aus dem Manuskript entfernt hat«, sagte Julius. »Vielleicht findet sie dein Vater doch noch irgendwo. Und die Reagenzgläser können von allein umgekippt und zerbrochen sein. Das war sowieso eine recht wacklige Geschichte, finde ich.«

»Ich kann mich ja auf etwas gefaßt machen, weil ich Tim mit ins Arbeitszimmer genommen habe«, sagte Georg plötzlich ein bißchen niedergeschlagen.

»*Und* weil du den Unterricht geschwänzt hast«, ergänzte Richard. »Du hast wirklich ein seltenes Talent, dir dauernd Schwierigkeiten einzuhandeln, Georg. Ich kenn' niemand, der sooft in der Tinte sitzt wie du.«

»Wär' vielleicht nicht das Dümmste, du läßt dich eine Zeitlang nicht blicken, bis sich alle wieder beruhigt haben«, schlug Anne vor.

»Nein«, sagte Georg sofort. »Wenn ich bestraft werden soll, dann lieber gleich. Ich hab' keine Angst.«

Sie marschierte über den Klippenpfad, und Tim sprang um sie herum wie sonst auch. Die anderen folgten ihr. Herr Roland sah sie vom Fenster aus kommen und öffnete die Tür. Er warf Georg einen wütenden Blick zu.

»Dein Vater wünscht dich in seinem Zimmer zu sprechen«, sagte er. Dann wandte er sich verärgert an die anderen.

»Warum seid ihr ohne mich gegangen? Ich wollte doch mitkommen.«

»Oh, wirklich? Das tut uns aber leid«, sagte Julius, ohne seinen Hauslehrer dabei anzusehen. »Wir waren ein bißchen auf den Klippen.«

»Georgina, bist du gestern nacht im Arbeitszimmer gewesen?« fragte Herr Roland, während er Georg beobachtete, als sie Anorak und Mütze ablegte.

»Was geht denn Sie das an?« erwiderte Georg.

»Dir fehlt eine Tracht Prügel!« rief Herr Roland wütend. »Und wenn ich dein Vater wäre...«

»Sie *sind* aber nicht mein Vater«, fuhr Georg ihn an, ging zur Tür des Arbeitszimmers und öffnete sie. Es war niemand drin.

»Vater ist nicht da«, sagte Georg.

»Er wird jeden Augenblick kommen«, sagte der Lehrer, »und dann kannst du was erleben! Geh hinein und warte. – Und ihr andern marsch nach oben und wascht eure Hände zum Mittagessen.«

Die drei Kinder kamen sich beinah wie Verräter vor, als sie die Treppe hinaufgingen. Sie hörten Tim auf dem Hof winseln. Er wußte, daß seine kleine Herrin in der Klemme steckte und wollte ihr beistehen.

Georg setzte sich auf einen Stuhl und starrte ins Feuer. sie erinnerte sich daran, wie sie in der Nacht mit Tim dort auf der Matte gesessen und seine haarige Brust eingerieben hatte. Zu dumm, daß sie die Flasche hatte stehenlassen!

Ihr Vater betrat das Zimmer. Er sah sie eindringlich an. »Warst du in der Nacht hier drin?« fragte er streng.

»Ja«, antwortete Georg ohne Zögern.

»Was hattest du hier zu suchen?« fragte er weiter. »Du weißt doch, daß ihr Kinder in meinem Arbeitszimmer nichts zu suchen habt!«

»Ich weiß«, erwiderte Georg. »Aber Tim hat so schrecklich gehustet. Deshalb bin ich runtergegangen und hab' ihn hier reingeholt. Das war ungefähr um eins. In den anderen Zimmern war es nicht mehr warm, bloß hier noch, und dann hab' ich Tim mit dem Öl eingerieben, das Mutti immer benutzt, wenn sie erkältet ist.«

»Den Hund mit Kampferöl einreiben!« rief ihr Vater verblüfft. »Etwas Blöderes ist dir nicht eingefallen? Was soll der Unsinn?«

»Es war gar nicht so blöd«, verteidigte sich Georg. »Es war sogar das einzig Vernünftige. Tims Husten ist heute viel besser. Tut mir leid, daß ich ausgerechnet im Arbeitszimmer war, aber angerührt oder kaputtgemacht hab' ich nichts, ehrlich nicht.«

»Georg, es ist etwas sehr Ernstes geschehen«, sagte jetzt ihr Vater und sah sie forschend an. »Einige meiner Reagenzgläser, die ich für meine Versuche brauche, sind zerbrochen worden, und natürlich ist ihr Inhalt auch dahin. – Aber was noch schlimmer ist, drei Seiten sind aus meinem Buch verschwunden. Bist du sicher, daß du nicht weißt, was da passiert ist?«

»Ich weiß es wirklich nicht«, sagte Georg und sah ihrem Vater offen und gerade ins Gesicht. Er war überzeugt, daß sie die Wahrheit sagte, so gut kannte er seine Tochter. Sie wußte bestimmt nicht, wer den Schaden verursacht haben könnte. – Aber wo zum Kuckuck *waren* dann die Blätter, und wer hatte unter den Reagenzgläsern gewütet?

»Georg! Als ich gestern nacht um elf Uhr ins Bett gegangen bin, war alles in Ordnung«, begann ihr Vater von

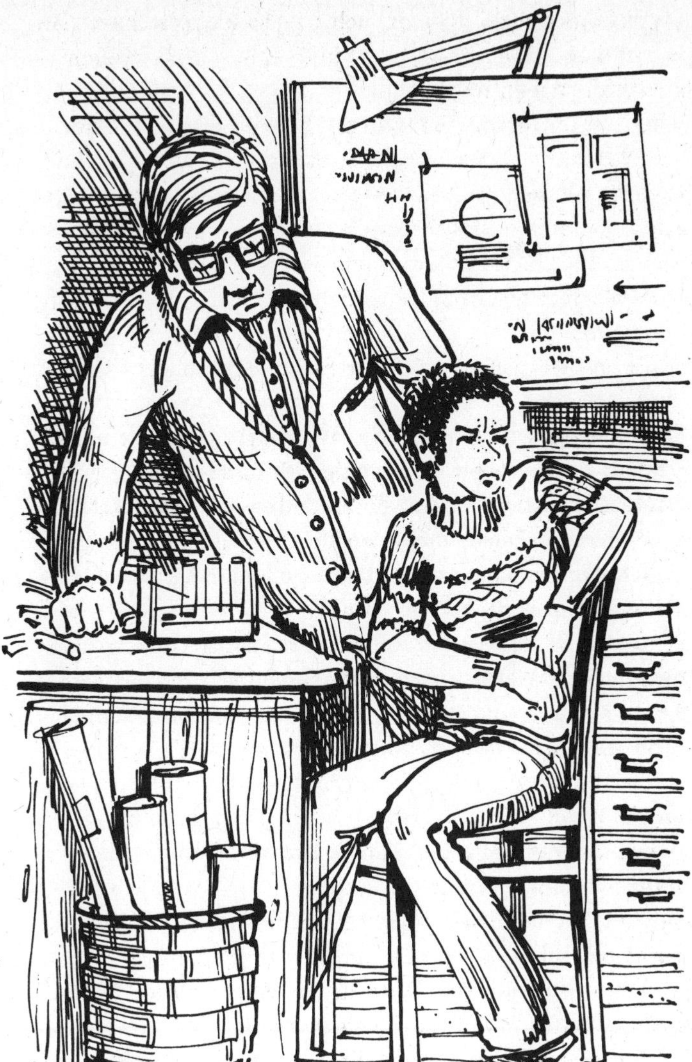

neuem. »Ich habe diese drei wichtigen Seiten nochmals durchgelesen und überarbeitet. Heute morgen waren sie verschwunden.«

»Dann sind sie zwischen elf und ein Uhr gestohlen worden«, sagte Georg. »Ich war von eins bis sechs hier drin.«

»Aber *wer* in aller Welt könnte sie genommen haben?« sagte ihr Vater. »Soviel ich weiß, war das Fenster fest geschlossen, und außer mir weiß niemand, wie wichtig diese Seiten sind. Es ist unverständlich.«

»Herr Roland weiß es bestimmt auch!« sagte Georg langsam.

»Sei nicht albern!« sagte ihr Vater. »Wenn Herr Roland auch weiß, daß sie wichtig sind, heißt das noch lange nicht, daß *er* sie genommen hat. So etwas würde ich ihm nie zutrauen – und außerdem, was soll er damit? Das ist ganz ausgeschlossen. Übrigens, da fällt mir ein, warum warst du heute morgen nicht im Unterricht?«

»Ich will nicht mehr bei Herrn Roland Stunden haben«, sagte Georg. »Ich hasse ihn.«

»Georg! Jetzt reicht's aber! Wie redest du denn von deinem Lehrer? Wenn du dich nicht zusammennimmst, werde ich andere Seiten aufziehen«, sagte ihr Vater aufgebracht. »Soll ich dir Tim ganz und gar wegnehmen?«

»Nein«, sagte Georg. Sie zitterte vor Empörung. »Aber wenn du mir auch noch so drohst, ich laß' mich zu nichts zwingen. Wenn du mir Tim ganz wegnimmst, dann... dann... hau' ich ab!«

Georg weinte nicht. Sie saß kerzengerade auf ihrem Stuhl und blickte ihren Vater trotzig an. – Was für ein schwieriges Kind! Ihr Vater seufzte und dachte daran, daß auch er das gewesen war, was man ein schwieriges Kind nennt. Georg ähnelte ihm sehr, und im Grunde konnte er sie sogar verstehen. Man kam ausgezeichnet mit ihr zurecht, wenn man ihr klarmachen konnte, warum etwas so und nicht anders sein mußte. Andernfalls benahm sie sich ziemlich unmöglich – so wie eben jetzt.

Ihr Vater war im Moment wirklich ratlos. Er wollte sich erst einmal mit seiner Frau über die Angelegenheit unterhalten. Er erhob sich und ging zur Tür.

»Bleib hier und rühr dich nicht vom Fleck! Ich bin sofort wieder zurück. Ich möchte mit deiner Mutter über dich sprechen.«

»Meinetwegen, aber sprich nicht mit Herrn Roland über mich, ja?« sagte Georg, die überzeugt war, daß der Lehrer furchtbare Bestrafungen verordnen würde – für sie und für Tim. »Vater, wenn Tim gestern nacht im Hause gewesen wäre und wie gewöhnlich in meinem Zimmer geschlafen hätte – dann hätte er gebellt und das ganze Haus aufgeweckt. Aber der Roland wollte ihn ja unbedingt draußen haben – und du auch.«

Ihr Vater schwieg – er wußte, daß Georg recht hatte. Tim hätte niemanden unbemerkt ins Arbeitszimmer gehen lassen. Es war merkwürdig, daß er in der Nacht nicht gebellt hatte. Das hätte er getan, wenn jemand von außen zum Fenster hineingeklettert wäre. Aber das Arbeitszimmer lag ja an der anderen Seite des Hauses. Vielleicht konnte er die Geräusche von dort gar nicht hören.

Die Tür schloß sich hinter Georgs Vater. Das Mädchen blieb unbeweglich auf dem Stuhl sitzen und starrte auf den Kaminsims, wo eine Uhr die Zeit vergehen ließ. Sie fühlte sich elend. Alles, aber auch alles ging daneben! Um sich die Zeit zu vertreiben, zählte sie die Felder der Wandtäfelung über dem Kaminaufsatz. Es waren acht. Wo hatte sie nur schon von acht Feldern gehört? Ja, natürlich – der Geheimgang! Auf dem Leinwandstreifen waren doch acht Felder aufgezeichnet!

Georg blickte aus dem Fenster und überlegte sich, ob das Zimmer wohl nach Osten lag. Am frühen Morgen schien die Sonne ins Zimmer, also mußte der Raum nach Osten liegen. Hier war also ein Zimmer, das nach Osten lag und in dessen Wandtäfelung sich acht Felder befanden. Ob es auch einen Steinfußboden hatte? Sie kam so selten in diesen Raum, und der Fußboden war mit einem dicken Teppich bedeckt. Außerdem hatte sie sich bisher noch nie für Fußböden interessiert.

Georg stand auf und ging zur Wand hinter dem Schreibtisch.

Sie hob eine Ecke des Teppichs hoch – und siehe da – der Boden darunter bestand aus großen flachen Steinen. Das Studierzimmer hatte also auch einen Steinboden!

Sie setzte sich wieder hin und blickte zu den Holzfeldern hinüber, während sie sich zu erinnern versuchte, welches der acht Felder auf dem Leinwandstreifen mit einem Kreuz bezeichnet war. – Aber es konnte ja gar nicht sein, daß der gesuchte Raum im Felsenhaus war – er mußte drüben im Bauernhaus sein, wo der Geheimgang anfing.

Aber angenommen – er *wäre* hier im Felsenhaus! Die Anweisung war zwar auf dem ›Felsenhof‹ gefunden worden, aber das besagte noch lange nicht, daß der Geheimgang unbedingt dort anfangen mußte, obwohl Frau Sanders das annahm.

Georg bekam plötzlich Herzklopfen vor Aufregung. Ich muß diese acht Felder abklopfen und versuchen, das auf dem Leinen angekreuzte Feld zu finden, dachte sie. Vielleicht gleitet es zurück, und ich entdecke plötzlich den Zugang.

Sie stand auf, um ihr Glück zu versuchen – aber gerade in diesem Augenblick öffnete sich die Tür, und ihr Vater kam herein. Er sah ernst aus.

»Ich habe mit deiner Mutter gesprochen«, fing er an. »Sie findet auch, daß du dich in letzter Zeit unmöglich benommen hast. So kann das nicht weitergehen. Diesmal kommst du nicht ohne Strafe davon.«

Georg sah ihren Vater ängstlich an. Wenn nur die Strafe nichts mit Tim zu tun hatte! – Aber leider war das der Fall.

»Du wirst für den Rest des Tages auf dein Zimmer gehen und darfst Tim drei Tage lang nicht sehen«, sagte ihr Vater. »Ich werde Julius auftragen, ihn zu füttern und spazierenzuführen. Und wenn sich dein Benehmen nicht grundlegend ändert, wird Tim weggegeben. Ich fürchte, daß der Hund einen schlechten Einfluß auf dich ausübt.«

»Das stimmt nicht! Das ist nicht wahr!« brauste Georg auf, besann sich dann aber eines Besseren. »Er wird todunglücklich sein, wenn ich ihn drei ganze Tage lang nicht sehen darf.«

»Das hättest du dir früher überlegen sollen. Ich will nichts weiter darüber hören«, sagte ihr Vater. »Geh nach oben und denk noch einmal darüber nach, was ich dir gesagt habe, Georg. Dein Benehmen in diesen Ferien ist für mich eine große Enttäuschung. Ich glaubte schon, daß der Umgang mit den zwei Jungen und Anne dich zu einem netten, umgänglichen Mädchen gemacht hat, aber da habe ich mich anscheinend gründlich getäuscht.«

Er hielt die Tür offen, Georg ging mit hoch erhobenem Kopf hinaus. Sie hörte die anderen mit dem Besteck klappern. Es war Mittagszeit. Sie ging geradewegs nach oben in ihr Zimmer, setzte sich aufs Bett und hing ihren trüben Gedanken nach. Am schlimmsten war, daß sie Tim drei Tage lang nicht sehen durfte.

Johanna brachte ihr das Essen herauf. »Na, kleines Fräulein, es ist ein Jammer, daß du hier oben bleiben mußt«, sagte sie bedauernd. »Aber ich hab' dir zum Trost eine Extraportion Nachtisch mitgebracht. Verrat mich bloß nicht. Kopf hoch, Mädel, ist ja halb so schlimm.«

Georg stocherte im Essen herum. Sie hatte überhaupt keinen Hunger. Sie streckte sich lang aus und dachte an die acht getäfelten Felder über dem Kaminsims. – Sollten das die Felder sein, von denen in der Anweisung die Rede war? Sie stand auf, starrte aus dem Fenster und überlegte.

»O Gott, es schneit«, sagte sie plötzlich und erschrak. »Das hat gerade noch gefehlt! Und *wie* es schneit! Heute abend wird der Schnee hoch liegen – einen halben Meter hoch, mindestens. Armer, armer Tim! Hoffentlich denkt Julius daran, daß er deine Hütte so dreht, daß kein Schnee reinweht.«

Georg hatte viel Zeit zum Nachdenken. Johanna kam und nahm das Tablett mit dem unberührten Essen wieder fort. Nur der Nachtisch war verschwunden. Sonst erschien niemand, um nach Georg zu sehen. Sie nahm an, daß es den anderen verboten war, heraufzukommen und mit ihr zu sprechen. Sie fühlte sich einsam und war stinksauer. Sie legte sich wieder auf ihr Bett und starrte zur Decke.

Dann dachte sie an die verschwundenen Manuskriptseiten. Ob der widerliche Roland sie nicht doch gestohlen hatte? Warum steckte er seine Nase dauernd in die Arbeit ihres Vaters? Und er schien sie auch zu verstehen. Der Dieb mußte jemand sein, der genau wußte, welches die wichtigsten Seiten des Buches waren. Tim hätte sicher gebellt, wenn der Dieb von außen eingestiegen wäre – auch wenn das Arbeitszimmer an der anderen Seite des Hauses liegt. Tim hatte ein wirklich ungemein scharfes Gehör.

»Es war sicher jemand aus dem Haus«, überlegte Georg laut. »Keines von uns Kindern – das ist sicher – und auch

nicht Mutti oder Johanna. Da bleibt nur Roland übrig. Und ich hab' ihn neulich nachts ja auch im Arbeitszimmer überrascht...«

Sie setzte sich plötzlich kerzengerade auf. Jetzt hab' ich's, Roland wollte Tim aus dem Haus haben, damit er ungestört im Arbeitszimmer herumschnüffeln kann. Er hat Angst, daß der Hund wieder bellt, dachte sie. Ja, jetzt geht mir ein Licht auf! Ich bin jetzt fest davon überzeugt, daß Roland der Dieb ist.

Das Mädchen war ganz aufgeregt. Wenn doch nur die anderen da wären! Georg wurde ganz zapplig, weil sie mit niemandem über ihre Entdeckung reden konnte.

XIII

Julius erlebt eine Überraschung

Den drei anderen Kindern tat Georg schrecklich leid. Onkel Quentin hatte ihnen tatsächlich verboten, zu ihr hinaufzugehen.

»Es tut Georg ganz gut, mal ein bißchen nachzudenken«, hatte er gesagt.

»Arme alte Haut«, meinte Julius bedauernd. »Aber sie sitzt wenigstens im Warmen. Und schließlich hat sie sich das Schlamassel selbst eingebrockt. Wer mir echt leid tut, ist Tim. Der arme Kerl kann überhaupt nichts dafür. Seht euch nur den Schnee an!«

Es schneite in dichten Flocken. Julius ging zum Fenster und schaute hinaus. »Ich muß raus und nachsehen, ob mit Tim alles in Ordnung ist«, sagte er. »Wir wollen doch nicht, daß der arme Kerl völlig einschneit. Er wird sich bestimmt wundern, was das für ein komisches weißes, kaltes Zeug ist. Schnee kennt er ja noch gar nicht.«

Tim stand wirklich vor einem Rätsel. Er hockte in der Hütte und verfolgte die tanzenden Flocken mit seinen großen braunen Augen, wenn sie zur Erde fielen. Ab und zu schnappte er danach, aber das nasse Zeug schmeckte nach gar nichts. Er war verwirrt und unglücklich. Warum mußte er hier ganz allein in der Kälte sitzen? Warum kam seine Herrin nicht, um nach ihm zu sehen?

Hatte sie ihn nicht mehr lieb? Der große Hund fühlte sich ganz elend – so elend wie Georg.

Er sprang an dem Jungen hoch und leckte sein Gesicht.

»Guter, alter Tim«, tröstete ihn Julius. »Ich find's ja auch hundsgemein, daß du hier draußen bleiben mußt. Komm, ich feg' den Schnee etwas weg und dreh deine Hütte herum, damit die Flocken nicht hineinwehen können. Da – so ist's besser. – Nein, wir können jetzt nicht spazierengehen, alter Freund – nein, jetzt nicht.«

Der Junge drückte Tim ganz fest an sich und kraulte ihn hinter den Ohren. Dann ging er wieder ins Haus zurück. An der Wohnzimmertür traf er die anderen.

»Julius! Herr Roland will einen Spaziergang machen – ganz allein. Tante Fanny hat sich hingelegt, und Onkel Quentin ist in seinem Arbeitszimmer. Könnten wir nicht schnell nach oben gehen und Georg besuchen?«

»Und wenn man uns erwischt?« sagte Julius zweifelnd. »Dann werden wir am Ende auch noch alle eingelocht.«

»Ich weiß«, meinte Richard. »Aber der Versuch lohnt sich. Wir können Georg doch da oben nicht vergammeln lassen. Oder traust du dich vielleicht nicht?«

»Quatsch! Aber ich geh' allein rauf, weil ich der älteste bin«, sagte Julius mutig. »Ihr beide bleibt hier unten und redet miteinander. Dann wird Onkel Quentin denken, daß wir alle hier sind. Aber seid nicht zu laut, sonst kommt er gleich rausgeschossen. Ich schleich' mich nach oben und schau' bei Georg rein.«

»Okay«, sagte Richard. »Hals- und Beinbruch. Und sag ihr, daß wir auf Tim aufpassen.«

Julius schlich behutsam die Treppen hoch. Er öffnete die Tür zum Mädchenzimmer und stahl sich hinein.

Dann schloß er leise die Tür hinter sich. Georg saß auf ihrem Bett und blätterte in einer Zeitschrift. Als sie Julius sah, strahlte sie.

»Pst«, flüsterte Julius. »Ich darf eigentlich nicht hier sein.«

»Julius, ein Glück, daß du gekommen bist!« sprudelte sie heraus. »Es ist zum Auswachsen hier oben, stinklangweilig! Setz dich aufs Bett. Wenn jemand reinkommt, mußt du drunterkriechen. Und jetzt hör mir mal genau zu!«

Julius ging zur anderen Seite des Bettes. Georg überschüttete ihn buchstäblich mit ihren Vermutungen.

»Weißt du, ich bin fest davon überzeugt, daß Roland wirklich der Dieb ist. Ich sage das nicht, weil ich ihn nicht ausstehen kann, ich weiß ganz genau, daß er ein Schuft ist. Kannst du dich noch erinnern, wie ich ihn damals erwischt hab', wie er nachts im Studierzimmer herumgeschnüffelt hat? Vielleicht hat er irgendwo von Vatis Arbeit gehört und ist hierhergekommen, um sie zu stehlen. Das war natürlich 'n prima Zufall, daß wir einen Hauslehrer gesucht haben. Und weißt du, was mir noch eingefallen ist? Vati hat doch gesagt, er ist als letzter gekommen, er war gar nicht eingeplant! Dämmert's dir jetzt langsam? Er hat ganz bestimmt die Blätter gestohlen – und er wollte Tim aus dem Haus haben, damit er ihn beim Klauen nicht stört!«

»Also Georg – ich kann es einfach nicht glauben«, sagte Julius, der es nicht fassen konnte, daß der Lehrer ein Dieb sein sollte. »Es hört sich alles so weit hergeholt und so unglaubhaft an. Andererseits... Wenn ich's mir recht überleg', dann paßt auch wieder alles zusammen. Das wär' ja der reine Wahnsinn!

Na schön, wenn der Roland die Blätter gestohlen hat,

dann müssen sie irgendwo im Hause sein«, meinte er schließlich. »Er war den ganzen Tag nicht weg. Er muß sie in seinem Schlafzimmer versteckt haben.«

»Natürlich«, sagte Georg aufgeregt. »Wenn er nur ausgehen würde! Dann könnte ich sein Zimmer durchsuchen.«

»Das darfst du aber nicht!« wehrte Julius erschrocken ab.

»Das darf ich nicht? Sag mal, tickst du nicht mehr ganz richtig? Hast du mir nicht zugehört? Der Kerl ist ein Dieb, und außerdem ist er schuld dran, daß ich hier festsitze und Tim draußen im Schnee frieren muß. Das darf ich nicht! Hast du eine Ahnung, was ich alles darf! Horch – was war das?«

Sie hörten die Haustür gehen. Julius ging vorsichtig zum Fenster und blickte hinaus.

»Roland«, sagte er. »Er geht jetzt spazieren.«

»Dann könnte ich ja sein Zimmer jetzt durchsuchen. Du mußt aber am Fenster Schmiere stehen und mich warnen, falls er zurückkommt«, sagte Georg und war mit einem Satz aus dem Bett.

»Nein, Georg, laß das«, bat Julius. »Ehrlich, wenn er wirklich ein Dieb ist, ist er auch gefährlich. Wenn du dabei erwischt wirst... Außerdem hat er die Blätter wahrscheinlich mitgenommen. Vielleicht gibt er sie an jemand anderes weiter.«

»Richtig – daran hab' ich gar nicht gedacht«, sagte Georg und blickte Julius mit weitaufgerissenen Augen an. »Ist das nicht zum Verrücktwerden? Natürlich – er kennt zum Beispiel die beiden Maler vom Bauernhof. Das sind auch zwei so schräge Vögel. Vielleicht ist es eine Verschwörung.«

»Aber Georg, sei nicht albern«, meinte Julius. »Jetzt übertreibst du aber. – Verschwörung! Du bastelst dir da ein aufregendes Abenteuer zusammen. So was gibt's doch gar nicht.«

»Ich glaub' schon«, sagte Georg mit vor Begeisterung leuchtenden Augen. »Ich habe so das Gefühl, daß wir mittendrin stecken – mitten in einem wahnsinnig aufregenden Abenteuer.«

Julius blickte seine Kusine nachdenklich an. Sollte sie tatsächlich recht haben?

»Julius, tust du mir einen Gefallen?« fragte Georg jetzt.

»Kommt drauf an«, sagte Julius zögernd. Die verrückten Wünsche seiner Kusine gingen ihm manchmal gegen den Strich.

»Geh – und folge Herrn Roland«, bat Georg. »Aber laß dich nicht erwischen. Im Schrank in der Halle ist ein weißer Wettermantel. Zieh ihn an, dann bist du gegen den Schnee kaum zu erkennen. Schleich ihm nach und beobachte, ob er sich mit irgend jemandem trifft und etwas übergibt, was so aussieht wie die verschwundenen Blätter aus dem Manuskript von meinem Vater. – Du kennst sie doch, so große Blätter, so groß wie Briefpapier. Vielleicht hat er sie ja auch in ein Kuvert gesteckt.«

»Klar, mach' ich«, erklärte Julius. »Aber dann mußt du mir versprechen, nicht in seinem Zimmer rumzuwühlen. Stell dir vor, er merkt was! Dann kannst du dich auf was gefaßt machen!«

»Okay, Okay«, beruhigte ihn Georg widerstrebend. »Der hätte schon nichts gemerkt, für wie dämlich hältst du mich eigentlich? Aber jetzt zisch endlich ab! Er wird bestimmt die gestohlenen Papiere an die anderen Mitglieder der Verschwörung weitergeben. Und ich wette, daß das die beiden Maler von ›Felsenhof‹ sind, die er angeblich nicht kennt.«

»Wenn du dich da bloß nicht irrst«, sagte Julius und

ging zur Tür. »Bestimmt erwisch' ich den Roland sowieso nicht mehr, er ist schon seit fünf Minuten weg.«

»Wenn du hier noch lang' rumstehst, ist er wirklich weg. Aber du kannst doch seinen Fußstapfen nachgehen, du Blödmann. Übrigens, wenn du wieder zurückkommst, erzähl' ich dir noch was über den Geheimgang. Schau, daß du noch mal zu mir raufschleichen kannst. Und jetzt verschwinde!«

»Bin schon weg!« verkündete Julius leise. »Bis nachher.«

Er verschwand und schloß leise die Türe hinter sich. Er schlich nach unten, steckte seinen Kopf ins Wohnzimmer und flüsterte den anderen zu, daß er dem Lehrer nachgehen werde. »Den Grund verrate ich euch später«, fügte er hinzu. Er zog sich den weißen Wettermantel über und ging in den Garten hinaus. Es begann wieder zu schneien, aber Rolands Fußspuren waren noch deutlich genug zu erkennen. Er hatte große Gummistiefel an, deren Abdrücke in dem tiefen Schnee gut sichtbar waren.

Der Junge lief, so schnell er konnte, denn von Roland selbst war nichts mehr zu sehen. Der Himmel hing grau und bleiern über der verschneiten Landschaft, und es war noch viel Schnee zu erwarten. Es dämmerte bereits etwas, die Sicht war miserabel, aber das unterstützte Julius bei seinem Vorhaben. Die Fußspuren führten über die Landstraße, dann den Pfad entlang, der die Dorfwiese durchschnitt. Julius stolperte vorwärts, seine Augen auf die Spuren geheftet. Plötzlich hörte er Stimmen und hielt an. Zur Rechten zog sich eine dichte Ginsterhecke hin. Die Stimmen kamen von dort. Der Junge näherte sich dem Buschwerk. Da hörte er die Stimme seines Lehrer heraus. Er sprach sehr leise, so daß Julius kein Wort der Unterhaltung verstehen konnte.

Mit wem der wohl redet? überlegte sich Julius. Er

kroch noch näher heran. Rasch schob er sich in eine Lücke zwischen zwei stacheligen Ginsterbüschen. Er bog die Äste langsam und behutsam zur Seite – und entdeckte zu seinem Erstaunen Herrn Roland im Gespräch mit den beiden Malern vom ›Felsenhof‹ – mit Thoma und Wilder. Georg hatte also doch recht! Genau in diesem Augenblick übergab der Lehrer Herrn Thoma ein Bündel zusammengefalteter Papiere.

Das sieht genauso aus wie die Blätter aus Onkel Quentins Manuskript, sagte sich Julius. Na, das ist vielleicht ein Ding! Also doch eine Verschwörung! – Und dieses Aas von Roland ist dabei die Hauptperson.

Thoma steckte die ihm übergebenen Papiere in seine Manteltasche. Die Männer flüsterten einander noch etwas zu, was Julius leider nicht verstehen konnte, und gingen dann auseinander. Die Maler verschwanden in Richtung ›Felsenhof‹, und Herr Roland schlug über den Pfad quer durch die Dorfwiese den Rückweg ein. Julius verkroch sich ganz tief in dem stacheligen Ginstergebüsch und hoffte nur, daß der Lehrer sich nicht umdrehen und ihn entdecken würde. Glücklicherweise geschah nichts dergleichen. Roland ging geradeaus und verschwand im Schnee, der wie ein dichter Vorhang zur Erde fiel. Es wurde rasch dunkler, und Julius, der den Weg schon nicht mehr gut erkennen konnte, lief Herrn Roland nach. Er hatte Angst, sich in dem Schneegestöber zu verirren.

Der Lehrer eilte zum Felsenhaus. Julius sah, wie er das Tor erreichte und im Haus verschwand. Er ließ eine kleine Weile verstreichen, um dem Lehrer Zeit zum Ausziehen zu geben, und ging dann zur Gartentür. Im Vorbeigehen streichelte er liebevoll den armen, traurigen Tim in seiner Hundehütte. Dann zog er den Wettermantel aus, wechselte die Schuhe und schlüpfte ins Wohnzimmer, bevor Herr Roland aus seinem Schlafzimmer zurückgekehrt war.

»Was ist los?« fragten ihn Richard und Anne, die merkten, wie aufgeregt ihr Bruder war. Aber er konnte ihnen nichts sagen, da Johanna ins Zimmer kam und den Kaffeetisch deckte.

Den ganzen Nachmittag und Abend versuchte Julius vergebens, den anderen von seiner Entdeckung zu berichten, denn immer war ein Erwachsener in der Nähe. Er konnte auch nicht nach oben gehen, um Georg zu besuchen.

»Schneit es immer noch, Tante Fanny?« fragte Anne. Die Tante ging zur Haustür und schaute hinaus. Der Schnee hatte sich vor der Treppe zu großen Haufen getürmt.

»Ja«, sagte sie. »Es schneit ununterbrochen. Wenn das so weitergeht, sind wir bald ganz eingeschneit – wie im vorletzten Winter. Wir konnten damals fünf Tage nicht aus dem Haus. Weder der Milchmann noch der Bäcker konnten durchkommen. Glücklicherweise hatten wir genug Büchsenmilch, und ich kann selber Brot backen. Na, Kinder, wenn es bis morgen so weiterschneit, müßt ihr euch aus dem Haus hinausschaufeln, das seh' ich schon kommen.«

»Der ›Felsenhof‹ ist dann wahrscheinlich auch von der Außenwelt abgeschnitten, oder?« fragte Herr Roland.

»O ja – und noch mehr als wir«, sagte Tante Fanny. »Aber das wird seinen Bewohnern nichts ausmachen. Sie haben genug Vorräte.«

Julius überlegte, warum wohl Herr Roland diese Frage gestellt hatte. Befürchtete er, daß seine Freunde Onkel Quentins Manuskriptblätter nicht wegschicken konnten? Warteten sie vielleicht auf ein Auto? Der Junge wußte,

Roland mußte einen bestimmten Grund für seine Frage haben. Wenn er nur endlich mit den andern über die Geschehnisse des heutigen Tages reden könnte!

»Ich bin müde«, sagte er, als es ungefähr acht Uhr war. »Kommt – wir gehen ins Bett.«

Richard und Anne blickten ihn erstaunt an. Gewöhnlich bestand er darauf, am spätesten von allen ins Bett zu gehen, da er der älteste war. Und heute wollte er freiwillig früh schlafen gehen! Aber Julius zwinkerte ihnen zu – also mußte er seine Gründe haben.

Richard gähnte mit weitgeöffnetem Mund, und Anne tat das gleiche. Tante Fanny legte ihr Nähzeug nieder, an dem sie gerade arbeitete. »Das hört sich ja an, als ob ihr alle todmüde wärt«, sagte sie. »Ich glaube, ihr geht lieber alle zu Bett.«

»Ich schau nur schnell noch nach Tim«, sagte Julius. Seine Tante nickte. Der Junge stieg in seine Gummistiefel, zog den Anorak über und schlüpfte durch die Gartentür in den Hof. Dort war alles tief verschneit. Tims Hütte war ein weißer Hügel. Der Hund hatte sich ein Plätzchen vor der Hütte flachgetrampelt und hielt nach Julius Ausschau, als er aus dem Hause trat.

»Armer, alter Junge, das ist eine schöne Schweinerei«, sagte er zu Tim. Er streichelte den Hund, und Tim winselte.

Er wäre so gern mit ins Haus gegangen.

»Wenn ich dich nur mitnehmen dürfte«, sagte Julius. »Aber mach dir keine Sorgen, Tim. Bald haben wir's geschafft, dann darfst du wieder ins Haus – und wenn 's geht, dann darfst du auch den Roland, den Schuft, beißen!«

Julius kehrte ins Haus zurück. Die Kinder wünschten gute Nacht und gingen nach oben.

»Zieht euch schnell aus und werft eure Morgenmäntel

über. Wir treffen uns alle in Georgs Zimmer«, flüsterte Julius den anderen zu. »Macht ja keinen Lärm, sonst haben wir sofort Tante Fanny auf dem Hals. Los! – Schnell!«

Im Nu waren die Kinder ausgezogen und saßen auf Georgs Bett. Sie freute sich sehr, endlich Gesellschaft zu haben.

Anne schlüpfte zu ihr ins Bett, weil es sie an den Füßen fror.

»Julius! Bist du Herrn Roland nachgegangen?« flüsterte Georg.

»Warum bist du ihm nachgegangen? Was ist eigentlich los?« fragte Richard, der vor Neugierde fast platzte.

Dann berichtete Julius in fliegender Eile von Georgs Verdacht, wie er dem Lehrer gefolgt war, was er mit eigenen Augen gesehen hatte. Als Georg hörte, daß Julius beobachtet hatte, wie der Lehrer die Papiere an die beiden Maler weitergab, sprühten ihre Augen vor Zorn.

»Also hab' ich doch recht gehabt! Der elende Dieb! Das müssen die Blätter gewesen sein. Und dabei ist mein Vater so nett zu ihm gewesen! – Was können wir tun? Die Männer werden die Papiere so schnell wie möglich loswerden wollen, und dann wird die geheime Formel, an der Vater so lange gearbeitet hat, von jemand anderem ausgenutzt.«

»Sie können die Papiere jetzt nicht wegschicken«, sagte Julius. »Hast du nicht gesehen, wie hoch der Schnee schon liegt, Georg? Wir sitzen hier tagelang fest, wenn es so weiterschneit – und auf dem ›Felsenhof‹ sieht es genauso aus. Wenn sie die Papiere verstecken wollen, bleibt nur das Bauernhaus. Wenn wir nur hinüber könnten! Wir würden alles durchsuchen!«

»Ich hör' wohl nicht recht! Der brave Julius will fremde Häuser durchsuchen! Ich denke, so etwas tut man nicht?« spottete Georg.

»Also das ist jetzt doch ganz was anderes!« verteidigte sich Julius und grinste. »Jetzt darf man.«

»Aber man kann nicht«, sagte Richard. »Das steht nun einmal fest. Wir würden bis zum Halse im Schnee steckenbleiben.«

Anne konnte es noch immer nicht fassen, daß der lustige Roland ein Dieb war – vielleicht sogar ein Spion!

»Es wird wohl das beste sein – wir erzählen alles deinem Vater«, meinte Julius schließlich.

»Nein«, widersprach Anne. »Er würde es nicht glauben, nicht wahr, Georg?«

»Er wäre sogar wütend auf uns und würde auf der Stelle zu Roland rennen und ihm alles brühwarm verpetzen«, stimmte ihr Georg zu. »Das würde den Schuft warnen – und das darf auf keinen Fall geschehen. Er darf nicht ahnen, daß wir alles wissen.«

»Pst! Tante Fanny kommt« flüsterte Richard plötzlich. Die Jungen schlüpften aus dem Zimmer und in ihre Betten. Anne stieg in ihr eigenes Bett. Alles war friedlich und still, als die Tante ins Schlafzimmer trat.

Sie sagte gute Nacht und deckte die Kinder fest zu. Sobald die Luft rein war, trafen sich die vier wieder im Schlafzimmer bei Georg.

»So, Georg, und jetzt raus mit der Sprache! Was weißt du von dem Geheimgang?« sagte Julius.

»Also, paßt auf«, sagte Georg. »Vielleicht steckt weiter gar nichts dahinter, aber unten im Arbeitszimmer sind acht Felder in der Täfelung über dem Kaminsims – und der Boden ist aus Stein – und der Raum liegt nach Osten. Was haltet ihr davon? Klingt doch gut, oder? Alles genauso, wie es in der Anweisung steht.«

»Steht auch ein Schrank in dem Zimmer?« fragte Julius.

»Nein, das weißt du doch. Frag doch nicht so blöd! Aber

alles andere paßt. Und ich hab' mir überlegt, ob es nicht möglich sein könnte, daß der Eingang zu dem Geheimweg hier im Felsenhaus ist – und nicht im Bauernhaus. Beide Gebäude haben doch mal einer Familie gehört. Die Leute, die früher im Bauernhaus gewohnt haben, müssen auch dieses Haus hier ganz genau gekannt haben.«

»Herrje, Georg – ich werd' verrückt! Wenn der Eingang *wirklich* hier wäre!« sagte Richard. »Das wär der helle Wahnsinn! Komm, wir gehen jetzt gleich runter und schauen nach!«

»Mein Gott, bist du dämlich!« fuhr Julius ihn an. »Ausgerechnet dann ins Arbeitszimmer gehen, wenn Onkel Quentin drin ist!

»Aber wir *müssen* herausbekommen, ob Georg recht hat oder nicht, wir müssen einfach!« rief Richard und vergaß ganz, daß er eigentlich flüstern sollte.

»Halt den Mund, du Idiot«, zischte Julius ärgerlich und gab ihm einen Rippenstoß. »Soll denn das ganze Haus wach werden?«

»He, ist ja schon gut! Du brauchst mir nicht gleich die Rippen zu zerschmettern! Aber es ist so wahnsinnig spannend. Es ist wieder ein richtiges Abenteuer!«

»Genau«, meinte Georg aufgeregt. »Hört zu – sollen wir bis Mitternacht warten? Dann schlafen bestimmt alle, und wir können ins Arbeitszimmer schleichen und unser Glück versuchen? Vielleicht bringt's ja nichts, aber das müssen wir eben herausfinden. Ich könnte nicht einschlafen, bevor ich nicht die Felder über dem Kaminsims abgetastet habe.«

»Mir geht es genauso«, sagte Richard. »Horcht, kommt da nicht jemand die Treppe herauf? Ich glaube, wir gehen lieber. – Nun komm schon, Julius! Wir treffen uns dann also um Mitternacht.«

Die beiden Jungen rannten auf Zehenspitzen in ihr Zimmer zurück. An Schlafen war natürlich nicht zu denken. Georg lag ebenfalls hellwach im Bett und ließ sich alles, was in den Ferien geschehen war, noch einmal durch den Kopf gehen.

Es ist wie ein Puzzle, dachte sie. Zuerst konnte ich eine ganze Menge nicht verstehen – aber nun rutschen alle Teilchen zu einem Bild zusammen.

Anne schlief ganz fest. Um Mitternacht mußten die anderen sie aufwecken. »Komm«, flüsterte Julius und schüttelte sie. »Willst du das Abenteuer vielleicht verpennen, du Schlafmütze?«

XIV

Der Geheimgang – Endlich

Die vier Kinder schlichen durch das dunkle und stille Haus nach unten. Keiner machte auch nur das leiseste Geräusch. Sie fanden den Weg zum Arbeitszimmer, ohne irgendwo anzustoßen oder etwas umzuwerfen. Georg schloß die Tür leise hinter ihnen und drehte das Licht an. Sie blickten auf die Felder über dem Kaminsims. Ja, es waren genau acht, vier in der unteren und vier in der oberen Reihe. Julius rollte den Leinwandstreifen auf dem Tisch auseinander, und die Kinder studierten ihn noch einmal genau.

»Das Kreuz ist mitten in dem zweiten Feld in der oberen Reihe«, sagte Julius leise. »Ich drück mal drauf, paßt auf.«

Er ging zum Kamin. Die anderen drängten sich hinter ihm, und ihre Herzen klopften vor Spannung. Julius stellte sich auf die Zehenspitzen und preßte seine Hand gegen die Mitte des zweiten Feldes. Es geschah nichts.

»Drück fester! Klopf das Feld doch ab«, ermunterte ihn Richard.

»Ich will nicht soviel Krach machen, ich kann doch nicht jetzt rumklopfen«, flüsterte Julius und betastete das Feld an allen Ecken und Enden, um zu sehen, ob er eine kleine gewölbte Stelle finden könnte, die auf eine Feder oder einen Hebel hinweisen könnte. Plötzlich glitt das Feld unter seinen Händen zurück, ähnlich wie das in der Halle auf

dem »Felsenhof«. Unwillkürlich schrien die Kinder auf und schauten voll Spannung auf die Höhlung dahinter.

»Das Loch ist nicht groß genug, um hineinzuklettern«, sagte Julius. »Also kann es nicht der Zugang zu dem Geheimweg sein.« Julius holte seine Taschenlampe hervor.

»Hier ist ein Griff, und daran hängt ein dicker Draht oder so etwas Ähnliches. Ich werde mal daran ziehen.«

Er zog – aber ihm fehlte die Kraft, um den Hebel zu bewegen, der in die Wand eingemauert zu sein schien. Richard steckte seine Hand auch hinein, und die beiden Jungen zogen mit vereinten Kräften.

»Er bewegt sich! – Irgend etwas gibt nach«, keuchte Julius.

Der Griff trat plötzlich aus der Wand und mit ihm der starke und rostige Draht. Zur selben Zeit vernahmen sie ein merkwürdiges kratzendes Geräusch unter der Matte vor dem Kamin. Anne fiel beinahe hin.

»Julius! Da bewegt sich etwas unter der Matte«, sagte sie erschrocken. »Ich habe es gespürt. Schnell! Hier – unter der Matte!«

Der Hebel ließ sich nicht weiter herausziehen. Die Jungen blickten nach unten. Rechts vom Kamin, unter der Matte, hatte sich tatsächlich etwas bewegt. Die Matte wölbte sich in der Mitte, anstatt flach zu liegen.

»Ein Stein im Fußboden hat sich bewegt«, erklärte Julius, und seine Stimme zitterte vor Aufregung. »Dieser Griff setzt einen Hebel in Bewegung, der mit dem Draht verbunden ist. Schnell – nehmt die Matte weg und schlagt den Teppich zurück!«

In fieberhafter Eile zerrten die Kinder die Matte und den Teppich weg – und dann standen sie da und starrten auf den Boden. Ein großer, flacher Stein, der einen Teil des Fußbodens bildete, war auf geheimnisvolle Weise in Bewegung gesetzt worden und nach unten geglitten. An Stelle des Steines gähnte ein großes, dunkles Loch.

»Das ist er!« stieß Georg erregt hervor. »Der Zugang zum Geheimweg!«

»Er ist also doch hier«, bemerkte Julius wenig geistreich.

»Kommt, wir steigen gleich hinunter«, drängte Richard.

Aber Anne schüttelte es bei dem Gedanken, daß sie in dem dunklen Loch verschwinden sollte.

Julius leuchtete mit seiner Lampe hinunter.

Der Stein war erst nach unten und dann zur Seite gerutscht. Darunter war gerade genug Platz, um einen Mann in gebückter Haltung aufzunehmen.

»Von hier führt bestimmt ein Gang oder etwas Ähnliches unter dem Haus nach draußen«, sagte Julius. »Wo der wohl hinführt?«

»Genau das müssen wir herausbekommen«, sagte Georg.

»Aber nicht jetzt«, wandte Richard ein. »Es ist dunkel und kalt. Ich hab' wirklich keine besondere Lust, um Mitternacht in dem geheimen Gang rumzukriechen. Schließlich läuft uns der Gang ja nicht weg. Hauptsache, wir wissen, wo er ist. Aber mit dem Spaziergang durch den Stollen warten wir doch lieber bis morgen.«

»Onkel Quentin wird sicher morgen hier in seinem Zimmer arbeiten«, wandte Julius ein.

»Nein – er wird wahrscheinlich erst am Morgen den Schnee vor der Haustür wegschaufeln, das macht er immer so«, sagte Georg. »Dann können wir uns hierher schleichen. Morgen ist Samstag. Vielleicht haben wir keinen Unterricht.«

»Also gut«, willigte schließlich Julius ein, der lieber gern gleich alles untersucht hätte. »Aber laßt mich wenigstens nachsehen, ob überhaupt ein Gang da ist. Wir wissen bis jetzt nur, daß hier ein Loch ist.«

»Ich helf dir runter«, sagte Richard. Er reichte seinem Bruder die Hand, und Julius ließ sich geschickt in das schwarze Loch hinuntergleiten. Er leuchtete mit seiner Taschenlampe die Wände ab. Dann stieß er einen unterdrückten Schrei aus.

»Es ist der Zugang zum Geheimweg! Der Gang führt von hier unter dem Haus entlang – er ist zwar furchtbar niedrig und eng – aber es ist immerhin ein Gang, da beißt die Maus keinen Faden ab!«

Ihm war ganz schwindlig vor Aufregung, außerdem war es kalt und feucht dort unten. »Zieh mich hoch, Richard!« rief er. Er kletterte aus dem feuchten Loch ins Warme.

Die Kinder waren ganz außer sich vor Aufregung. Das war ein richtiges Abenteuer! Zu schade, daß sie jetzt nicht weiter auf Entdeckungsreise gehen konnten!

»Wir wollen versuchen, Tim morgen mitzunehmen«, sagte Georg. »Und wie sollen wir die Geschichte hier jetzt wieder in Ordnung bringen?«

»Wir können die Matte und den Teppich nicht einfach so über dem Loch liegenlassen«, sagte Richard. »Da fällt sonst noch einer rein. Allerdings... wenn der Roland... das wär natürlich das Schärfste!« Bei der Vorstellung, den Schurken im Loch verschwinden zu sehen, mußten sie leise lachen.

»Denkt gefälligst an meinen Vater, ihr Kindsköpfe! Soll der vielleicht auch ins Loch?« zischte Georg. »Und die Täfelung können wir auch nicht offen lassen, das würde sogar meinem Vater auffallen.«

»Ich versuche, den Stein wieder an die alte Stelle zu rükken.« sagte Julius. Er stellte sich auf Zehenspitzen und tastete die Wand hinter der Täfelung ab. Seine Finger schlossen sich um einen Knopf, der tief im Stein drin saß. Er zog daran, und der Griff rutschte an seine alte Stelle zurück. Gleichzeitig hob sich der gesunkene Stein wieder an die Oberfläche des Fußbodens.

»Das ist ja fast Zauberei!« sagte Richard. »Wirklich. Daß das noch alles so funktioniert! Wahnsinn! Das ist doch bestimmt jahrzehntelang, vielleicht sogar jahrhundertelang nicht mehr benutzt worden. Stellt euch doch bloß mal vor! Und wir finden's raus. Das ist die spannendste Sache, die ich jemals erlebt hab'.«

Sie hörten ein Geräusch aus dem Schlafzimmer über ihren Köpfen. Die Kinder standen still und lauschten.

»Das ist der elende Schnüffler«, flüsterte Richard. »Er hat uns gehört. Schnell – schleicht die Treppe hinauf, bevor er herunterkommt.« Sie drehten das Licht aus und öffneten ganz leise die Arbeitszimmertür. Lautlos wie Indianer flüchteten sie die Stufen hoch. Ihre Herzen klopften so wild, daß sie fürchteten, das ganze Haus wache davon auf. Die Mädchen erreichten sicher ihr Zimmer, und auch Richard konnte in letzter Minute noch die Tür hinter sich zuziehen. Aber Julius wurde von Herrn Roland erwischt, der mit einer Taschenlampe bewaffnet aus seinem Zimmer trat.

»Was machst du denn hier, Julius?« fragte der Lehrer überrascht. »Hast du auch ein Geräusch unten gehört? Mir kam es so vor...«

»Ja, ich hab' einen ziemlichen Krach unten gehört«, sagte Julius wahrheitsgemäß. »Aber vielleicht war es nur der Schnee, der vom Dach fiel, Herr Roland.«

»Ich weiß nicht«, sagte der Lehrer zweifelnd. »Wir werden uns lieber zur Vorsicht noch einmal umsehen.«

So stiegen sie nach unten, aber es war natürlich nichts zu sehen.

Julius war heilfroh, daß es ihnen in der Eile noch möglich gewesen war, das getäfelte Feld zu schließen und den Stein an seinen gewöhnlichen Platz gleiten zu lassen.

Sie stiegen wieder nach oben, und Julius ging in sein Zimmer zurück. »Ist alles gutgegangen?« flüsterte Richard.

»Ja«, sagte Julius. »Aber wir dürfen nicht reden. Roland ist wach, und ich will nicht, daß er Verdacht schöpft.«

Die Jungen schliefen ein. Als sie am nächsten Morgen erwachten, war die Welt in ein weißes Laken gehüllt. Alles war von Schnee bedeckt. Tims Hundehütte war ganz und gar verschwunden, nur Fußabdrücke waren rundherum zu sehen.

Georg schrie auf, als sie sah, wie hoch der Schnee lag. »Armer Tim. Jetzt lasse ich dich aber ins Haus. Es ist mir egal, was die Erwachsenen sagen. Ich will nicht, daß du im Schnee begraben wirst.«

Sie zog sich an und ging nach unten. Sie lief zur Hundehütte. Sie mußte knietief im Schnee waten. Aber Tim war nicht in der Hütte.

Lautes Gebell aus der Küche ließ sie aufhorchen. Die Köchin Johanna klopfte ans Küchenfenster. »Es ist alles in Ordnung. Ich konnte es nicht länger mit ansehen, wie der Hund draußen im Schnee fast versank, und da habe ich den armen Kerl hereingeholt. Deine Mutter hat gesagt, daß ich ihn in der Küche behalten kann, aber daß du ihn nicht besuchen darfst.«

»Hauptsache, Tim ist im Warmen!« rief Georg Johanna zu. »Vielen, vielen Dank. Das ist furchtbar nett von dir.«

Georg ging wieder ins Haus und erzählte es den anderen. Sie waren alle sehr froh. Der Gedanke an den armen eingeschneiten Tim hatte sie arg bedrückt.

»Und ich habe auch gute Neuigkeiten für dich«, sagte Richard. »Roland liegt mit einer schweren Erkältung im Bett, und wir haben heute keinen Unterricht.«

»Super, das sind wirklich gute Nachrichten«, sagte Georg, und ihr Gesicht heiterte sich zusehends auf. »Tim in der warmen Küche – und Roland im Bett. Besser könnte es gar nicht sein.«

»Und wir können ungestört auf Entdeckungsreise gehen«, sagte Julius. »Tante Fanny will heute mit Johanna in der Küche arbeiten – und Onkel Quentin wird Schnee schippen. Ich schlage vor, daß wir freiwillig im Wohnzim-

mer ein bißchen arbeiten und dann, wenn die Luft rein ist, schauen wir uns den Geheimgang näher an.«

»Bist du übergeschnappt? Warum müssen wir denn arbeiten?« fragte Georg fassungslos.

»Weil wir sonst Schnee schippen müssen, du Dummkopf«, sagte Julius.

Und so saßen die vier zum größten Erstaunen des Hausherrn um den Wohnzimmertisch und büffelten fleißig – zumindest sah es danach aus.

»Was ist denn mit euch los? Seid ihr krank? Und dabei hab' ich mir eingebildet, daß es euch Spaß machen würde, mir beim Schneeschaufeln zu helfen«, sagte Onkel Quentin. »Aber vielleicht ist es doch besser, wenn ihr mit euren Schularbeiten weiterkommt.«

Die Kinder steckten ihre Nasen in die Bücher. Sie hörten Herrn Roland in seinem Zimmer husten. Sie hörten auch die Tante in die Küche gehen und mit Johanna sprechen. Sie hörten Tim an der Küchentür kratzen. Dann trappelten Pfoten im Flur – und eine große, neugierige Nase kam zum Türspalt herein. Dann schob sich der ganze Tim ins Zimmer und sah sich ängstlich nach seiner Herrin um.

»Tim!« rief Georg erfreut und lief zu ihm. Sie schlang ihre Arme um seinen Hals und drückte den Hund an sich.

»Du tust ja, als ob du ihn ein ganzes Jahr nicht gesehen hättest«, sagte Julius.

»Es kam mir wirklich wie ein Jahr vor«, antwortete Georg. »Da, schaut raus, mein Vater schaufelt wie verrückt! Höchste Zeit, daß wir ins Arbeitszimmer gehen. Ich glaube, wir werden eine ganze Weile vor ihm sicher sein.«

Sie verließen das Wohnzimmer und gingen hinüber. Julius zog an dem Griff hinter dem Geheimfeld an der Täfelung. Georg hatte schon vorher die Matte und den

Teppich zurückgerollt. Der Stein glitt nach unten und nach der Seite. Der Geheimgang lag offen vor ihnen!

»Los!« forderte Julius sie auf. »Beeilt euch!«

Er sprang als erster ins Loch hinunter. Richard folgte, dann Anne und zuletzt Georg. Julius schob sie alle in den engen, niedrigen Gang. Dann sah er nach oben. Vielleicht wäre es doch besser, den Teppich und die Matte über das Loch zu ziehen – für den Fall, daß jemand ins Zimmer kommt.

In einigen Sekunden war es erledigt. Dann bückte er sich und kroch den anderen nach. – Jetzt war es ihnen endlich möglich, den Geheimgang zu erforschen!

XV

Ein aufregender Ausflug und eine gefährliche Jagd

Tim war mit Georg zusammen ins Loch gesprungen. Nun lief er vor den Kindern her und wunderte sich, was sie an diesem kalten und dunklen Gang so interessant fanden. Julius und Richard hatten ihre Taschenlampen mitgebracht, die ihnen in der Dunkelheit gute Dienste leisteten.

Da war nicht viel zu sehen. Der Geheimgang unter dem alten Haus war eng und niedrig, so daß die Kinder gezwungen waren, im Gänsemarsch und tief gebückt zu gehen. Sie atmeten erleichtert auf, als der Weg breiter wurde und die Decke etwas höher. Es war sehr ermüdend, sich andauernd zu bücken.

»Hast du eine Ahnung, wohin der Weg führt?« fragte Richard seinen Bruder. »Ich meine – zur See oder in entgegengesetzter Richtung?«

»Ganz bestimmt nicht in Richtung auf die See«, sagte Julius, der über einen sehr guten Ortssinn verfügte.

»Meiner Meinung nach führt der Gang in Richtung Dorfwiese. Seht euch die Wände an – an manchen Stellen sind sie ganz sandig, und es ist doch bekannt, daß die Wiese sandigen Boden hat. Hoffentlich erleben wir nicht, daß der Gang irgendwo eingefallen ist.«

Sie gingen immer weiter und tiefer in den Gang hinein. Der Geheimweg verlief sehr gerade, wand sich nur ab und zu in einem Bogen um einen Felsen.

»Brrr, ist das dunkel und kalt hier unten!« rief Anne zähneklappernd. »Und ich dumme Gans hab' nicht mal meinen Mantel angezogen! Wieviel Kilometer sind wir schon gelaufen, Julius?«

»Also Anne, du hast vielleicht ein Zeitgefühl! Das war noch nicht mal einer«, antwortete Julius. »Hallo, schaut euch das an, da vorne ist der Gang eingestürzt!«

Die beiden Taschenlampen erhellten den Raum vor ihnen, und die Kinder sahen, daß das sandige Dach an manchen Stellen heruntergebröckelt war. Julius stieß den Sandhaufen mit dem Fuß an.

»Kein Problem«, sagte er. »Wir können uns leicht durcharbeiten. Es ist nicht sehr viel heruntergestürzt, und es ist außerdem zum größten Teil Sand. Wir müssen nur ein bißchen buddeln.«

Die anderen halfen, und nach einiger Zeit war genug Platz, daß die Kinder hinüberklettern konnten. Sie duckten sich, um nicht an der Decke des Ganges anzustoßen. Im Schein seiner Taschenlampe stellte Julius fest, daß der weitere Weg frei war.

»Hier wird der Weg breiter«, sagte er plötzlich und ließ seine Lampe noch stärker aufleuchten, um es den anderen zu zeigen.

»Sieht aus wie ein Raum, in dem man sich ein bißchen ausruhen kann«, sagte Georg. »Seht her – hier ist eine Bank in den Stein gehauen. Kommt, da setzen wir uns hin. Ich bin schon ganz krumm. Au, tut mir der Rücken weh!«

Es war wirklich sehr ermüdend, in dem engen Gang so lange vorwärts zu kriechen. Der kleine Raum mit der Steinbank bildete einen willkommenen Ruheplatz. Die vier Kinder drängten sich auf dem harten Sitz aneinander und waren heilfroh, ein bißchen verschnaufen und sich strekken zu können. Tim legte seinen Kopf auf Georgs Knie. Er war selig, wieder mit ihr zusammen zu sein, wenn er auch nicht begriff, warum das Wiedersehen unbedingt in einem dunklen Loch stattfinden mußte.

»Jetzt müssen wir aber weiter«, sagte Julius nach einigen Minuten. »Es ist saukalt hier, ich friere. Ich bin wirklich gespannt, wo wir landen.«

»Julius – glaubst du, daß der Gang im ›Felsenhof‹ enden könnte?« fragte Georg plötzlich. »Du weißt doch, was Frau Sanders gesagt hat – daß ein Geheimweg von dem Bauernhaus irgendwohin führt. Es könnte doch dieser Gang sein – und er führt demnach zum ›Felsenhof‹.«

»Georg, Mann – ich glaube, du hast recht«, sagte Julius. »Ja, natürlich! Die beiden Gebäude haben früher mal einer einzigen Familie gehört, hast du doch gesagt, oder? Und in alten Zeiten hat es oft Geheimgänge zwischen zwei Häusern gegeben. Jetzt wird mir alles klar: Dieser Gang verbindet das Felsenhaus mit dem Bauernhaus. Warum bin ich nur nicht schon früher darauf gekommen?«

»Hört mal zu!« rief Anne, und ihre Stimme war vor Aufregung ganz piepsig. »Hört mal her! Mir ist gerade auch was eingefallen.«

»Was denn?« fragten alle gleichzeitig.

»Also – wenn die beiden Maler die Papiere haben, dann können wir sie ihnen vielleicht wegnehmen, weil... ich meine, sie können sie noch gar nicht weggeschickt haben... Kapiert ihr denn nicht?« Vor Aufregung verhaspelte sie sich und wurde ganz ungeduldig. »Die sind doch genauso eingeschneit wie wir! Die können doch gar nicht zur Post oder so!«

»Anne! Das ist der Hammer, du hast recht!« sagte Julius bewundernd.

»Was bist du doch für ein schlaues Kerlchen!« rief Richard. »Alle Achtung, Anne!«

»Oh, das wär' einfach gigantisch, wenn wir tatsächlich die Papiere wiederbekommen könnten!« jubelte Georg. Tim wurde von der allgemeinen Aufregung angesteckt, er wedelte begeistert mit dem Schwanz und sprang an Georg hoch.

»Nun kommt aber!« rief Julius und nahm Anne bei der Hand. »Jetzt wird es spannend. Wenn Georg recht hat und dieser geheime Gang irgendwo am ›Felsenhof‹ an die Oberfläche kommt, dann können wir vielleicht die Zimmer der beiden Männer durchsuchen und die Papiere finden.«

»Hört, hört! Du willst jetzt auf einmal fremde Zimmer durchsuchen? Ich denke, so etwas tut man nicht«, sagte Georg spöttisch.

»Red doch nicht so blöd daher! Das sind Gangster, keine gewöhnlichen Leute. Schließlich riskieren wir Kopf und Kragen für deinen Vater. Wir haben's hier mit echten, gefährlichen Feinden zu tun, die wir überlisten müssen«, sagte Julius ernst.

»Meinst du wirklich, daß sie gefährlich sind?« fragte Anne ängstlich.

»Ja, ich glaube schon«, meinte Julius. »Aber Richard, Tim und ich werden dich beschützen.«

»Und ich?« sagte Georg entrüstet. »Glaubst du vielleicht, bloß weil ich ein Mädchen bin, kann ich Anne nicht beschützen?«

»Klar kannst du das«, beschwichtigte Richard sie sofort. »Du bist mindestens genausogut wie ein Junge.«

»Nun kommt schon!« rief Julius ungeduldig. »Ich kann es kaum mehr erwarten, bis wir das Ende des Ganges erreicht haben.«

Sie gingen weiter, Anne folgte hinter Julius und Richard hinter Georg. Tim lief im Gang hin und her, schnüffelte aufgeregt und hob hier und da sein Bein, um zu zeigen, daß dies sein Revier war, in dem kein anderer Hund etwas zu suchen hatte. Er empfand es als ein besonderes Vergnügen, einen Vormittag auf diese Art zu verbringen.

Julius hielt plötzlich an, als sie ein gutes Stück weitergekommen waren. »Was ist los?« fragte Richard von hinten. »Noch ein Deckeneinsturz? Hoffentlich nicht.«

»Nein, aber ich glaube, daß wir das Ende des Ganges erreicht haben«, verkündete Julius. Die Spannung nahm immer mehr zu. Die anderen kamen so nahe wie möglich an ihn heran. Tatsächlich, der Gang war hier zu Ende. Vor ihnen erhob sich eine felsige Wand, in die eiserne Krampen zum Hinaufklettern eingeschlagen waren.

Als Julius mit seiner Lampe die Wand hoch leuchtete, sahen die Kinder eine quadratische Öffnung in der Decke des Ganges.

»Wir müssen jetzt da hochklettern«, sagte Julius, »durch das dunkle Loch dort oben – wer weiß, wo wir da rauskommen! Ich steig' als erster rauf. Ihr bleibt hier und wartet, bis ich zurückkomme. Aber seid bloß ruhig.«

Der Junge nahm die Taschenlampe zwischen die Zähne und zog sich an den Krampen hinauf. Dann richtete er sich auf, kletterte durch das viereckige Loch nach oben und tastete beim Weiterklettern vorsichtig nach den Krampen. Er fühlte sich wie in einem hohen Kaminschacht. Es war kalt und roch muffig. Nach einer guten Weile erreichte er den Rand. Er nahm die Taschenlampe in die Hand und leuchtete die Gegend ab.

Steine, wo er nur hinsah – Steinwände – Steindecke – Steine überall. Das schwarze Loch, durch das er gekommen war, gähnte zu seinen Füßen. Julius richtete den Strahl seiner Lampe nach vorn – und wäre vor Überraschung fast gestürzt.

Vor ihm war keine Steinwand, sondern eine große Tür

aus Eichenholz! Ein Griff befand sich in Hüfthöhe, und Julius drehte ihn mit zitternden Fingern.

Was würde er wohl zu sehen bekommen?

Die Tür öffnete sich nach außen, über den Schacht, und es war schwierig, hinüberzusteigen, ohne den Halt zu verlieren. Julius gelang es, die Tür weiter zu öffnen, er quetschte sich durch und stieg hinüber. War das ein Zimmer?

Er leuchtete mit seiner Taschenlampe umher und entdeckte, daß er wieder vor einer Tür stand. Unter seinen tastenden Fingern bewegte sie sich plötzlich und glitt geräuschlos seitwärts.

Und nun wußte Julius plötzlich, wo er war! Ich bin ja in dem Schrank im Bauernhaus – in dem Schrank mit der falschen Hinterwand, schoß es ihm durch den Kopf. Hier endet also der Geheimgang! Wenn wir das damals geahnt hätten!

Im Schrank hingen jetzt Kleidungsstücke, die vermutlich einem der Maler gehörten. Julius stand bewegungslos und lauschte. Er konnte nichts hören. Sollte er sich gleich einmal umsehen und versuchen, ob er die verlorengegangenen Papiere nicht irgendwo entdecken konnte?

Dann aber dachte er daran, daß die anderen ungeduldig da unten auf ihn warteten. Zuerst mußte er wieder hinuntersteigen und ihnen erzählen, was er entdeckt hatte. Die würden vielleicht Augen machen!

Er trat in den Hohlraum hinter der gleitenden Wand zurück, ließ die Wand wieder zurückfahren und stellte sich links an den schmalen Rand. Die alte Eichentür zu seiner Seite stand weit offen. Er kümmerte sich nicht länger um sie, sondern tastete mit den Füßen nach den Eisenkrampen unter sich. Dann kletterte er hinunter, die Taschenlampe zwischen den Zähnen.

»Julius, du hast ja eine Ewigkeit gebraucht! Los, erzähl, was hast du entdeckt! Mach schon!« drängte Georg.

»Ihr werdet's nicht für möglich halten! Ich hab' gedacht, ich seh' nicht recht«, sagte Julius noch außer Atem. »Was denkt ihr wohl, wo der Gang hinführt? In den Schrank mit der falschen Hinterwand auf dem ›Felsenhof‹.«

»Ich werd' verrückt!« konnte Richard nur herausbringen.

»Das ist ja ein Ding!« stieß Georg hervor. »Nun erzähl schon!«

»Bist du in dem Zimmer gewesen?« quiekte Anne aufgeregt.

»Also, ich bin hochgeklettert, bis es nicht mehr weiter ging. Der Schacht endet vor einer großen Holztür«, sagte Julius. »Zum Glück hat die Tür einen Griff und war auch nicht abgesperrt. Ich mach' die Tür also auf und steh' wieder vor einer Tür. Hab' ich jedenfalls geglaubt. Ich konnte ja nicht riechen, daß das die Schrankwand war. Sie hat sich ganz leicht zur Seite schieben lassen. Ich bin durchgestiegen und zwischen lauter Jacken und Hosen gestanden, die da im Schrank hängen. Das müssen die Sachen von den Malern sein. Ja, das war's. Die Schranktür hab' ich wieder zugeschoben und bin schnell wieder runtergeklettert. Na, was sagt ihr jetzt?«

»Nun können wir nach den Papieren suchen«, sagte Georg eifrig. »War jemand im Zimmer?«

»Gehört hab' ich niemanden«, sagte Julius. »Jetzt mache ich euch einen Vorschlag. – Wir klettern gemeinsam hinauf und durchstöbern die Zimmer. Die Männer wohnen ja auch in dem Zimmer nebenan.«

»Und Tim?« fragte Georg.

»Hochtragen können wir ihn nicht«, sagte Richard. »Und klettern kann er wohl auch schlecht. Da muß er eben ein bißchen hier unten warten, oder? Das machst du schon, Tim, ja? Schön brav sein und warten!«

Tim wedelte mit dem Schwanz. Aber als er die vier Kinder die Wand hochklettern und verschwinden sah, fing er jämmerlich an zu fiepen und versuchte, nachzuklettern. Was! Sie gingen ohne ihn? Wie konnten sie nur?

Er sprang an der Wand hoch und fiel wieder zurück. Er wiederholte den Sprung und winselte. Georg rief ihm mit leiser Stimme zu: »Sei ruhig, Tim, sitz und sei brav! Frauchen kommt gleich wieder.«

Tim legte sich am Fuß der Wand nieder und spitzte die Ohren. So allein in der feuchten, kalten Finsternis fühlte er sich im wahrsten Sinn des Wortes hundeelend.

Bald waren die Kinder an dem schmalen Rand angekommen. Die alte Eichentür stand noch weit offen. Julius leuchtete mit seiner Taschenlampe, und die anderen erblickten die falsche Hinterwand des Schrankes. Julius ließ mit einem Griff die Wand geräuschlos zur Seite gleiten. Im Licht der Lampe sahen sie Mäntel und Hosen.

Die Kinder standen ganz still und lauschten. Sie konnten nichts hören. »Jetzt mach' ich die Schranktür einen Spalt auf und schau ins Zimmer. Rührt euch ja nicht!« flüsterte Julius.

Der Junge wand sich durch die Kleidungsstücke und tastete mit der Hand nach der äußeren Schranktür. Er fand sie und drückte sachte dagegen. Sie öffnete sich ein wenig, und ein Lichtstrahl fiel in den Schrank. Vorsichtig schob Julius den Kopf durch den Türspalt.

Es war niemand darin. »In Ordnung. Kommt!« flüsterte er den anderen zu. »Das Zimmer ist leer.«

Die Kinder krochen eins nach dem anderen aus dem Kleiderschrank heraus ins Zimmer.

»Schau, Julius, da ist eine Tür zu dem anderen Zimmer«, sagte Georg plötzlich. »Zwei können hinübergehen und sich dort umsehen. Und wir können die Türen abschließen, die auf den Vorplatz hinausgehen, dann kann uns niemand überraschen.«

»Eine gute Idee«, lobte Julius, der fürchtete, daß jeden Augenblick jemand auftauchen könnte. »Anne und ich gehen ins andere Zimmer, und ihr bleibt hier, und macht euch an die Arbeit.«

Lautlos schlüpfte der Junge durch die Zwischentür in den zweiten Raum. Julius ging zur Tür, die auf den Vorplatz führte, und drehte den Schlüssel im Schloß. Er hörte, wie Richard das gleiche tat.

»Anne, nimm die Matten hoch und schau nach, ob die Blätter darunter versteckt sind«, sagte er. »Dann unter dem Stuhlkissen und deck das Bett ab. Vielleicht liegt dort etwas versteckt.«

Anne und Julius begannen mit der Suche. Julius zog alle Schubladen der Kommode heraus. Die Hände der Kinder zitterten, als sie überall nach den Papieren tasteten. Es war sehr aufregend.

Sie überlegten, wo die beiden Männer wohl sein könnten. Vielleicht unten in der Küche. Hier oben in den Schlafzimmern war es kalt, und sie hielten sich bestimmt lieber in der Wärme auf. Ausgehen konnten sie nicht, denn der Schnee lag wie ein riesiger Wall um das Haus.

Richard und Georg suchten fieberhaft im anderen Zimmer. Sie durchstöberten jede Schublade. Sie zogen das Bett ab. Sie drehten die Matten und Teppiche um und um. Sie tasteten sogar den Kamin ab.

»Julius, habt ihr etwas gefunden?« fragte Richard leise und erschien in der Tür zwischen den beiden Räumen. »Nicht die geringste Spur«, sagte Julius enttäuscht. »Sie haben die Papiere wirklich gut versteckt. Hoffentlich schleppen sie sie nicht dauernd mit sich rum.«

Richard starrte ihn bestürzt an. Daran hatte er nicht gedacht. »Das wäre zum Verrücktwerden« sagte er. »Das wär' ja der Gipfel!«

Anne und Julius suchten fieberhaft weiter. Keine Stelle blieb verschont.

»Wir können nicht ohne die Unterlagen zurück!« sagte Julius verzweifelt. »Wir haben so ein Glück gehabt, daß wir den Geheimgang gefunden haben und in diese beiden Zimmer gelangen konnten! Wir *müssen* die Papiere einfach finden.«

»Horcht!« sagte Richard und erschien wieder in der Tür. »Ich höre Stimmen. Psst!«

Alle vier Kinder lauschten. Ja – es waren Männerstimmen dicht vor den Schlafzimmertüren!

XVI

Die Kinder werden entdeckt

»Was sollen wir tun?« flüsterte Georg. Sie waren alle auf Zehenspitzen in den ersten Raum gegangen und standen jetzt lauschend beieinander.

»Ich glaube, wir ziehen uns lieber wieder in den Geheimgang zurück«, sagte Julius.

»O nein, wir...«, begann Georg, hielt sich aber schnell die Hand vor den Mund, als sie sah, wie sich die Türklinke bewegte. Sie hörten einen unwilligen Ausruf und dann Wilders Stimme: »Thoma! Meine Tür scheint sich festgeklemmt zu haben. Ich geh' mal durch dein Zimmer und schau', ob ich sie von innen aufbekomme.«

»Geh nur«, antwortete der andere. Sie hörten, wie sich Schritte der anderen Tür näherten. Dann wurde die Klinke heftig hinuntergedrückt und geschüttelt.

»Was soll denn das?« sagte Wilder ärgerlich. »Die geht auch nicht auf. Sind die Türen etwa abgeschlossen?«

»Es scheint so«, hörte man Thoma sagen. Eine Weile war es still. Dann vernahmen die Kinder ganz deutlich die leise gesprochenen Worte. »Sind die Papiere sicher? Ist jemand hinter ihnen her?«

»Sie sind doch in deinem Zimmer, oder?« sagte Thoma. Danach war es wieder still. Die Kinder sahen einander an. Die Männer *hatten* also die Papiere, und sie befanden sich irgendwo in dem Zimmer, in dem sie gerade standen! Sie sahen sich hastig um und zermarterten sich den Kopf, wo wohl noch eine Stelle sein könnte, die sie noch nicht durchsucht hatten.

»Schnell! Sucht noch einmal alles durch, solange wir noch Zeit haben«, flüsterte Julius. »Aber macht keinen Krach.«

Auf Zehenspitzen begannen die Kinder ihre Suche von vorne. Und *wie* sie suchten! Sie blätterten sogar die Bücher durch, die auf dem Tisch lagen, und hofften, darin etwas zu finden. Aber sie konnten nichts entdecken.

»He! Frau Sanders!« hörten sie Wilders Stimme. »Haben Sie vielleicht die Türen abgeschlossen? Wir können nicht hinein.«

»Ach, klemmen sie wieder?« rief die alte Frau von der Treppe her. »Ich komm' schon und werde mal nachsehen. Aber *ich* habe die Türen ganz bestimmt nicht abgeschlossen.«

Wieder wurde an den Klinken gerüttelt, aber die Türen ließen sich nicht öffnen. Die Männer wurden ungeduldig.

»Glauben Sie, daß jemand da drin ist?« fragte Wilder die alte Frau. Frau Sanders lachte laut auf.

»Na, hören Sie mal, Herr Wilder, wer sollte schon in Ihren Zimmern sein? Außer Ihnen sind nur mein Mann und ich im Haus, und Sie wissen so gut wie wir, daß von draußen niemand hereinkommen kann, weil wir völlig eingeschneit sind. Aber ich kann das auch nicht verstehen. Vielleicht haben Sie ja doch selbst abgeschlossen? Manchmal macht man so was, ohne groß drauf zu achten.«

Anne hob gerade den Waschkrug hoch, um darunter nachzusehen. Er war schwerer, als sie dachte. Sie mußte ihn plötzlich wieder hinstellen, dabei schlug er klirrend auf die Marmorplatte auf, und das Wasser spritzte nach allen Seiten.

Die Männer vor der Tür hatten das Geräusch gehört. Wilder hämmerte an die Tür und rüttelte wie wild an der Klinke.

»Wer ist da drin? Sofort aufmachen, oder es passiert was! Was geht da drin vor?«

»Anne, du dumme Gans!« zischte Richard. »Jetzt werden sie die Tür einschlagen.«

Er hatte richtig vermutet. Der Gedanke, daß jemand auf geheimnisvolle Art in ihre Zimmer eingedrungen war und nach den gestohlenen Papieren suchte, machte die Männer rasend. Sie drückten mit den Schultern gegen die Tür und warfen sich dagegen. Die Tür erzitterte und krachte in den Angeln.

»Was fällt Ihnen denn ein?« schrie Frau Sanders. Die Männer beachteten sie nicht. Es gab einen lauten Krach, als sie sich noch einmal mit aller Wucht gegen die Tür stemmten.

»Jetzt aber schnell. Nichts wie weg hier«, zischte Julius. »Die dürfen nicht wissen, daß wir hier waren – oder wir können nicht wiederkommen und noch einmal suchen. Schnell in den Schrank!« Die Kinder eilten auf den Kleiderschrank zu.

»Laß mich zuerst hinein, dann kann ich euch besser helfen«, sagte Julius. Er stellte sich auf den schmalen Rand und ertastete die eisernen Krampen mit seinen Füßen. Mit der Taschenlampe zwischen den Zähnen stieg er hinunter.

»Als nächste Anne«, rief er hinauf, »und dann Richard! Du kannst Anne helfen, wenn sie nicht weiter kann. Georg kann gut klettern – die braucht keine Hilfe.«

Anne kam nur langsam vorwärts. Sie war schrecklich aufgeregt und verängstigt und fürchtete sich davor, in die Tiefe zu stürzen.

»Nun mach schon, Anne!« flüsterte Richard über ihr.

»Stell dich nicht so an. Die Männer haben die Tür fast schon aufgebrochen.«

Ein unheimlicher Krach wie von splitterndem Holz ertönte aus der Richtung der Schlafzimmertür. Jeden Augenblick mußte sie auffliegen. Wie zwei wutschnaubende Bullen würden die Männer dann hereinstürmen. Richard war froh, als er endlich die Wand hinunterklettern konnte. Sobald sie alle unten waren, sollte Georg die große Eichentür schließen, dann waren sie in Sicherheit.

Georg stand noch zwischen den Kleidungsstücken und wartete, bis die Reihe an sie kam. Da fühlten ihre Hände plötzlich etwas in der Tasche des Mantels, der neben ihr hing. Es war ein Wettermantel mit großen Taschen. Georgs Herz stand für einen Augenblick still.

Waren das etwa die Papiere!? Steckten die vielleicht noch immer in der Manteltasche? Der Schrank war der einzige Ort, den sie nicht durchsucht hatten. – Mit fliegenden Fingern tastete das Mädchen nach dem raschelnden Gegenstand.

Sie zog ein paar zusammengefaltete Papiere heraus! Es war dunkel im Schrank, und sie konnte sich nicht vergewissern, ob es die gesuchten Manuskriptseiten waren – aber sie hoffte es von ganzem Herzen! Sie steckte sie vorne in ihren Pullover und flüsterte Richard zu: »Kann ich jetzt endlich runterkommen?«

Krachbum! Die Tür stürzte mit einem Höllenlärm ein, und die beiden Männer stürzten buchstäblich ins Zimmer. Sie sahen sich um. Der Raum war leer! Aber dort, wo die Waschschüssel stand, war Wasser verschüttet und lief über den Fußboden. Es mußte also doch jemand hier gewesen sein!

»Schau in den Schrank!« rief Thoma. Georg kroch aus den Kleidungsstücken auf den schmalen Rand, hinter der

Stelle, wo eigentlich die Schrankwand hingehörte. Sie war noch in der Wand versteckt. Das Mädchen kletterte einige Krampen weit in das Loch hinunter und schloß dann die Eichentür, die gerade über ihrem Kopf aus der Wand ragte. Ihre Kraft reichte nicht dazu aus, die Tür ganz zu schließen; dennoch hoffte sie, daß sie nun alle in Sicherheit wären.

Die Männer rissen die Türen des Kleiderschranks auf und schoben hastig die Kleidungsstücke auseinander, um zu sehen, ob sich jemand dazwischen versteckte. Wilder stieß einen Schrei aus.

»Die Papiere sind verschwunden! Sie waren hier in dieser Tasche! Jetzt sind sie weg! Schnell, Thoma, wir müssen den Dieb finden und die Papiere zurückbekommen.«

Die Männer bemerkten nicht, daß der Schrank tiefer war als gewöhnlich. Sie gaben die Suche hier auf, da sie sicher waren, daß niemand darin versteckt war, und durchsuchten das Zimmer.

Zu dieser Zeit waren alle Kinder außer Georg unten auf dem Boden des Schachtes angekommen und standen nun ungeduldig wartend im Geheimgang. Die arme Georg hatte es so eilig hinunterzusteigen, daß sich ihr Pullover in einem der Krampen verfing und sie in einer sehr gefährlichen Stellung verharren mußte, während sie versuchte, den Pullover loszubekommen, ohne ihn zu zerreißen.

»Um Himmels willen, komm bloß, Georg!« rief Julius. Tim sprang an der Wand hoch. Der Hund spürte die Furcht und die Erregung der wartenden Kinder und war ebenfalls sehr aufgeregt. Er wollte zu Georg. Warum kam sie nicht? Er war lange genug allein hier unten gewesen.

Er warf seinen Kopf zurück und jaulte derart laut, daß die Kinder vor Schreck beinahe an die Decke sprangen.

»Halt die Schnauze, Tim!« fuhr Julius ihn an.

Tim heulte noch einmal, und der geisterhafte Laut hallte seltsam in dem alten Gang wider. Anne war zu Tode erschrocken und begann zu weinen. Tim jaulte und bellte abwechselnd. Wenn er einmal angefangen hatte, war es schwierig, ihn zu beruhigen.

Oben im Zimmer hörten die beiden Männer den unheimlichen Lärm. Sie waren vor Schreck wie gelähmt.

»Was, in aller Welt, ist das?« hauchte der eine.

»Es hörte sich an, als ob ein Hund in der Tiefe der Erde heult«, meinte der andere schaudernd.

»Merkwürdig«, sagte Wilder. »Es scheint aus der Richtung des großen Schrankes zu kommen.«

Er ging zu dem Schrank und öffnete ihn wieder. Tim wählte ausgerechnet diesen Augenblick, um ein besonders trauriges Geheul auszustoßen, und Wilder machte vor Entsetzen einen Satz nach hinten. Dann wagte er es, in den Schrank zu steigen und tastete an der Rückwand entlang. Die Eichentür gab nach, und er fühlte die Öffnung dahinter.

»Thoma! Hier ist was Merkwürdiges!« rief er dem anderen zu. »Hol mir meine Taschenlampe vom Tisch!«

Tim heulte wieder, und Wilder lief ein Schauer über den Rücken. Das Echo klang aus dem Loch dumpf in den Schrank. Thoma brachte die Lampe. Die Männer leuchteten zwischen den Kleidern herum. Plötzlich stießen sie einen überraschten Ausruf aus.

»Sieh dir das mal an! Hier ist ja eine Tür. Wohin führt die?« Frau Sanders, die jede ihrer Bewegungen teils mit Überraschung, teils mit Entrüstung beobachtet hatte und wütend war, daß die Maler ihre Tür zertrümmert hatten, rannte so schnell sie konnte zum Schrank.

»Guter Gott!« keuchte sie staunend. »Ich wußte zwar,

daß der Schrank eine falsche Rückwand hat – aber ich wußte nicht, daß noch eine Tür dahinter ist. Das muß der Eingang zu dem Geheimgang sein, von dem die alten Leute immer munkelten.«

»Geheimgang? Wo führt der hin?« stieß Wilder hervor.

»Das weiß der Himmel«, sagte Frau Sanders. »Ich habe mich niemals um derartige Dinge gekümmert. Ich hab' gedacht, das ist alles bloß dummes Gerede.«

»Los, Thoma, wir müssen hinunter, schnell!« schrie Wilder und leuchtete mit seiner Taschenlampe in das viereckige dunkle Loch. Er entdeckte die Eisenkrampen in der Felswand. »Das ist der Weg, den der Dieb genommen hat. Er kann nicht weit gekommen sein. Schnell, ihm nach! Wir müssen die Papiere unbedingt wiederhaben.«

In Sekundenschnelle hatten sich die beiden Männer über den schmalen Rand und in das Loch geschwungen. Wüste Verwünschungen murmelnd, stiegen sie hinunter. Kein Laut war von unten zu hören. Der Dieb mußte ihnen entwischt sein!

Georg war als letzte hinuntergekommen. Tim warf sie beinahe um vor Freude. Sie aber versetzte ihm einen Klaps.

»Du blöder Kerl!« schimpfte sie. »Jetzt hast du uns verraten! Schnell! Nichts wie fort von hier, die Männer werden in Sekundenschnelle hinter uns her sein. Dein Geheul war nur zu gut zu hören.«

Julius packte Annes Hand. »Komm, Anne«, sagte er, »du mußt laufen, so schnell du kannst. Hör auf zu heulen und renn los. Richard, verlier Georg nicht!«

Alle vier rannten den dunklen, engen Gang entlang. Wenn nur dieser verflixte Gang nicht so lang wäre! Das Herz schlug ihnen bis zum Hals, als sie tief gebückt dahinstolperten.

Julius beleuchtete den Weg mit seiner Lampe, während Richard seine Taschenlampe von hinten durch ihre Beine scheinen ließ. Julius rannte, was das Zeug hielt, wobei er Anne mehr schleppte, als hinter sich herzerrte. Vom Ende des Ganges her hörten sie jemanden rufen.

»Da vorne ist ein Licht. Das ist der Dieb. Komm! Gleich haben wir ihn!«

XVII

Guter, alter Tim!

»Schnell, Anne, schnell!« rief Richard, der ihnen auf den Fersen folgte.

Von Julius gezogen und von Richard geschoben, wäre sie beinahe einige Male gefallen. Ihr Atem ging stoßweise, und sie fürchtete, jeden Augenblick zu zerspringen.

»Ich kann nicht mehr«, stöhnte sie. »Ich muß mich hinsetzen.« Aber dazu war wirklich keine Zeit. Sie erreichten die Stelle mit der Steinbank. Anne sah die Bank sehnsüchtig an, aber die Jungen trieben sie weiter.

Plötzlich stolperte die Kleine über einen Stein und fiel hin. Dabei hätte sie beinahe Julius und Richard mit sich gerissen. Sie versuchte aufzustehen und fing an zu weinen.

»Au, ich hab' mir den Fuß verstaucht. Au, au, Julius, es tut so weh, ich kann nicht laufen!«

»Du mußt aber!« sagte Julius. Seine kleine Schwester tat ihm zwar leid, aber er war sich völlig klar darüber, daß sie alle erwischt würden, wenn er jetzt nicht fest blieb. »Beiß die Zähne zusammen und geh, so schnell du kannst!«

Aber es war unmöglich. Sie weinte vor Schmerzen, weil ihr der Fuß so weh tat, und sie humpelte so langsam weiter, daß Richard beinahe über sie fiel. Richard warf einen Blick hinter sich und sah den Lichtstrahl der Taschenlampe der beiden Männer näher und näher rücken. Was sollten sie nur tun?

»Ich werde mit Tim hierbleiben und die Männer aufhalten«, schlug Julius plötzlich vor. »Ich bin der älteste. Ihr müßt weiter, so schnell ihr könnt.«

Georg wollte widersprechen, aber Julius schob sie weiter. »Lauf«, keuchte er, »lauf! Sag Tim, daß er hierbleiben soll. Ich warte hinter dem Felsvorsprung und sage Tim, daß er wie verrückt bellen soll.«

»Und wenn die Männer Revolver haben?« sagte Richard zweifelnd. »Am Ende erschießen sie ihn.«

»Ich wette, daß sie keine bei sich haben«, sagte Julius. »Das ging alles viel zu schnell. Jetzt verschwinde endlich, Richard, die Männer sind gleich hier. Siehst du das Licht dort vorn?«

Richard raste hinter der humpelnden Anne her. Georg war schon weit vorne. Sie ahnte den Weg mehr, als daß sie ihn sah.

Julius versteckte sich hinter dem Felsen und hielt Tim fest am Halsband. »Jetzt los, Tim!« flüsterte er.

Tim hatte bis jetzt geknurrt, aber bei Julius' Befehl bellte er los. Und wie er bellte! Er hatte eine mächtige Stimme, und das Gebell hallte von den Wänden des Ganges wider. Die voranstürmenden Männer, die beinahe am Felsen angelangt waren, hielten in vollem Lauf an.

»Wenn ihr hier um diese Ecke kommt, werde ich meinen Hund auf euch hetzen!« schrie Julius drohend.

»Das ist doch nur ein Kind, das da rumschreit«, sagte der eine Mann zum anderen. »Nur ein Kind. Komm weiter!«

Tim bellte noch einmal und riß an seinem Halsband. Er brannte darauf, die Männer anzufallen. Das Licht ihrer Taschenlampe glitt um die Ecke. Julius ließ Tim los, und der große Hund sprang mit einem gewaltigen Satz seinen Feinden entgegen.

Mitten in ihrem Lampenlicht sahen sie ihn plötzlich! Er

sah schreckenerregend aus! Tim war ohnehin ein großer Hund, aber jetzt, da er wütend war und ihm alle Rückenhaare zu Berge standen, erschien er noch riesenhafter. Er fletschte die Zähne.

Den Männern wurde beim Anblick des gereizten Hundes himmelangst. »Wenn ihr auch nur einen Schritt weitergeht, dann befehle ich meinem Hund, euch anzufallen!« rief Julius. »Warte, Tim, noch nicht! Bleib stehen, bis ich es dir befehle.«

Der Hund knurrte böse. Die Männer sahen ihn zweifelnd an. Der eine ging einen Schritt vor. Da rief Julius: »Los, Tim, faß!«

Tim sprang dem Gegner an die Kehle. Das erfolgte völlig überraschend für den Mann, und er fiel mit einem dumpfen Laut zu Boden. Er versuchte, den Hund von sich abzuwehren. Der andere Mann half seinem Gefährten.

»Ruf den Hund zurück, oder wir drehen ihm den Hals um!«

»Paßt lieber auf, daß er *euch* nicht am Hals packt«, schrie Julius und trat hinter dem Felsen hervor. Man sah, wie ihm die Sache Spaß machte. »Tim, aus!«

Der Hund ließ von dem Mann ab. Er sah Julius vorwurfsvoll an, als ob er sagen sollte: »Es hat mir soviel Spaß gebracht! Warum bist du solch ein Spielverderber?«

»Was hast du hier zu suchen? Wo sind die anderen Gören?« fragte der Mann, der auf dem Boden lag.

»Ich denke gar nicht daran, Ihnen zu antworten. Was suchen Sie hier?« sagte Julius. »Hauen Sie ab, aber sofort! Wenn Sie sich hier noch einmal blicken lassen, werde ich den Hund wieder auf Sie hetzen – und das nächste Mal wird er schärfer zufassen, verlassen Sie sich drauf.«

Die Männer rappelten sich auf, machten auf dem Absatz kehrt und rannten, so schnell sie konnten, zurück, woher sie gekommen waren. Keiner von beiden wollte noch einmal mit Tim zu tun haben. Julius wartete, bis er das Licht der Taschenlampe nicht mehr sehen konnte, und bückte sich dann, um Tim zu streicheln.

»Du tapferer, guter Hund«, sagte er. »Du hast ja keine Ahnung, wie stolz ich auf dich bin! Nun komm! Wir wollen schnell die anderen einholen. Ich bin sicher, daß die beiden Gauner irgendwann heute nacht den Gang untersuchen werden. Was werden die für einen Schreck kriegen, wenn sie merken, wo er hinführt und wer am anderen Ende wartet!«

Julius eilte im Sturmschritt das letzte Stück des Ganges entlang, und Tim sprang neben ihm her.

Es dauerte nicht lange, dann hatte er die anderen eingeholt und berichtete ihnen keuchend von Tims Heldentat. Sogar die arme, geplagte Anne mußte darüber lachen, wie Tim den Wilder zu Boden geworfen hatte.

»Braver Tim!« strahlte Georg. »Was für ein tapferer, mutiger Kerl du bist. Schade, daß ich nicht gesehen hab', wie du den üblen Gesellen umgeworfen hast!«

»Wir haben's geschafft!« frohlockte Julius, als der Gang unter dem Loch im Studierzimmer zu Ende war. »He, was ist denn hier los?«

Ein heller Lichtstrahl schien in das Loch hinunter, und die Matte sowie der Teppich, die sie beide sorgfältig über die Öffnung gezogen hatten, waren nun wieder zurückgeschlagen. Die Kinder blickten starr vor Erstaunen nach oben.

Onkel Quentin und Tante Fanny beugten sich über die Öffnung, und als sie die Gesichter der Kinder sahen, waren sie so überrascht, daß sie beinahe ins Loch gekippt wären!

»Julius! Anne! Um Gottes willen, was macht ihr denn da unten?« rief Onkel Quentin. Er half allen herauf, und endlich waren die vier Kinder und Tim im warmen Arbeitszimmer. Wie herrlich das war, wieder im Warmen und in Sicherheit zu sein! Sie setzten sich alle so nahe wie möglich ans Feuer.

»Kinder – was soll das alles heißen?« fragte Tante Fanny. Sie sah ganz blaß und verwirrt aus. »Ich kam hier ins Zimmer, um Staub zu wischen, und als ich auf dieser Matte stand, wäre ich beinahe abgestürzt. Und dann habe ich das Loch entdeckt und natürlich sofort euren Onkel geholt. Was geht hier eigentlich vor? Und wohin führt das Loch?«

Jetzt kam Georgs großer Augenblick. Triumphierend sah sie die beiden Jungen und Anne an, holte die Papiere aus ihrem Pullover und überreichte sie ihrem Vater. »Sind dies die fehlenden Seiten?« fragte sie.

Die drei anderen Kinder starrten sie an. »Wo hast du die her?« fragte Julius staunend. Und Georg erzählte den dreien rasch, wo sie die Papiere gefunden hatte.

Ihr Vater stürzte sich auf die Blätter, als ob sie ihm mehr als eine Kiste Gold bedeuteten. »Ja! Ja! Sie sind es, alle drei. – Gott sei Dank, daß ich sie wiederhabe. Es hat mich drei Jahre Zeit gekostet, alles auszuarbeiten – und sie enthalten das Herzstück meiner Geheimformel. Georg, wo hast du sie gefunden?«

»Das ist eine sehr lange Geschichte«, sagte Georg. »Julius erzähl du, ich bin entsetzlich müde.«

Und Julius begann zu erzählen. Er ließ nicht die geringste Kleinigkeit aus. Er berichtete, wie Georg Herrn Roland beim Herumschnüffeln im Arbeitszimmer gefunden hatte – und wie sie davon überzeugt war, daß der Lehrer Tim deshalb nicht im Hause haben wollte, weil der Hund ihn an seinem nächtlichen Vorhaben hindern konnte –, wie Georg ihn mit den beiden Malern hatte sprechen sehen. Im Lauf der Erzählung zeigte sich ein immer größeres Erstaunen auf den Gesichtern von Onkel Quentin und Tante Fanny. Sie konnten es einfach nicht fassen. Aber sie hatten den Beweis dafür! Die verlorengegangenen Papiere waren wieder sicher in ihrem Besitz. Das war wundervoll. Onkel Quentin drückte sie an sich, als hätte er ein geliebtes Kind wiedergefunden. Er legte sie auch nicht einen einzigen Augenblick aus der Hand.

Als Julius den Teil der Geschichte erzählte, in dem Tim die Männer von den fliehenden Kindern abgehalten hatte, mischte sich Georg ein. »Siehst du, obwohl du mir Tim weggenommen und ihn nach draußen in die Kälte gesperrt hast, war er es, der uns in letzter Minute gerettet hat – und deine Papiere!« sagte Georg zu ihrem Vater und sah ihn vorwurfsvoll an.

Ihr Vater machte ein zerknirschtes Gesicht. Ihn drückte sein Gewissen, weil er Georg und Tim so schwer bestraft hatte. Daß er sich so in diesem Roland hatte täuschen können!

»Armer Georg«, sagte er, »und armer Tim. Es tut mir alles furchtbar leid.«

Georg trug niemandem etwas nach, wenn der Betreffende zugab, daß er Mist gebaut hatte.

»Es ist schon gut«, sagte sie. »Aber meinst du nicht auch, daß Herr Roland schwer bestraft werden muß? Ich bin ja auch bestraft worden. *Er* verdient es aber bestimmt.«

»Darauf kannst du dich verlassen«, versprach ihr Vater. »Er liegt mit einer Erkältung im Bett. Hoffentlich hat er nichts gehört und versucht nicht auszureißen.«

»Er kann nicht«, sagte Georg. »Wir sind doch eingeschneit. Du mußt aber die Polizei anrufen und sie auffordern, herzukommen. Ich bin sicher, daß die beiden Männer versuchen werden, den Geheimgang so bald wie möglich zu untersuchen, um die Papiere zurückholen. Ob wir sie wohl abfangen können, wenn sie hier ankommen?«

»Na und ob!« meinte Onkel Quentin, während Tante Fanny noch immer damit beschäftigt war, die aufregenden Neuigkeiten zu verarbeiten. »Nun hört mal zu. Ihr scheint halb erfroren zu sein, außerdem seid ihr sicher hungrig, denn es ist beinahe Essenszeit. Geht ins Eßzimmer und setzt euch ans Feuer. Johanna soll euch ein gutes, warmes Mittagessen hineinbringen. Dann werden wir uns weiter darüber unterhalten, was wir tun wollen.«

Herr Roland merkte nichts von alledem. Er lag im Bett und hustete dann und wann. Georg war nach oben geschlichen und hatte seine Tür verschlossen. Sie wollte verhindern, daß er herumschlich und womöglich alles mithörte.

Nach dem Mittagessen fühlten sie sich warm und zufrieden. Es war fein, so zusammen zu sitzen und sich über ihre Abenteuer zu unterhalten und über ihr weiteres Verhalten Pläne zu schmieden.

»Ich werde selbstverständlich sofort die Polizei anrufen«, sagte Onkel Quentin. »Und heute nacht lassen wir Tim ins Studierzimmer, damit er den beiden Malern einen guten Empfang bereiten kann, wenn sie erscheinen.«

Herr Roland war sehr verärgert, als er seine Tür verschlossen fand, nachdem er sich in den Kopf gesetzt hatte, sich anzukleiden und nach unten zu gehen. Er trommelte entrüstet mit den Fäusten gegen die Tür. Georg grinste nur und ging nach oben.

Sie hatte den drei anderen Kindern erzählt, daß sie die Tür abgeschlossen hatte.

»Was ist los, Herr Roland?« fragte sie betont höflich.

»Bist du es, Georg?« rief der Lehrer. »Kannst du mal

nachsehen, was mit meiner Tür los ist? Ich kann sie nicht öffnen.«

Georg hatte den Schlüssel eingesteckt, nachdem sie die Tür zugeschlossen hatte. So antwortete sie Herrn Roland bedauernd: »Das tut mir aber leid, Herr Roland, aber es steckt ja gar kein Schlüssel im Schloß, ich kann die Tür also leider nicht aufschließen. Aber ich will nachsehen, ob ich den Schlüssel finden kann.«

Herr Roland war ärgerlich und verstört. Er konnte nicht verstehen, warum seine Tür zugeschlossen und der Schlüssel verschwunden war. Er ahnte ja nicht, daß jetzt alle über ihn Bescheid wußten. Onkel Quentin lachte spitzbübisch, als Georg nach unten ging und ihm von der verschlossenen Tür berichtete.

Am Abend gingen alle früh zu Bett, und Tim wurde ins Arbeitszimmer gelassen, um das Loch zu bewachen. Herr Roland wurde immer wütender und wunderte sich, warum seine Tür nicht aufgeschlossen wurde. Er hatte zwar nach Onkel Quentin gerufen, aber nur Georg war erschienen. Ihm war das Ganze ein Rätsel. Georg machte die Sache natürlich Spaß. Sie befahl Tim, vor Herrn Rolands Tür zu bellen, und das verwirrte ihn noch mehr, denn soviel er wußte, durfte Georg Tim drei Tage lang nicht sehen. Merkwürdige Gedanken rasten ihm durch den Kopf.

Mitten in der Nacht weckte Tim das ganze Haus auf, indem er wie verrückt bellte. Onkel Quentin und die Kinder eilten nach unten, gefolgt von Tante Fanny und Johanna. Ein lustiges Bild bot sich ihnen!

Die Gauner Wilder und Thoma duckten sich hinter die Couch im Arbeitszimmer. Sie wurden von Tim in Schach gehalten, der bellte, was seine Kehle hergeben wollte. Er stand neben dem Loch im Steinboden, so daß die beiden

Männer nicht auf diesem Wege entfliehen konnten. Schlauer Tim! Er hatte mucksmäuschenstill gewartet, bis die Männer vollends ins Arbeitszimmer geklettert waren und sich wunderten, wo sie sich befanden – und dann war der Hund in einem Satz ans Loch gesprungen, um es zu bewachen und die Männer am Fliehen zu hindern!

»Guten Abend, Herr Wilder, guten Abend, Herr Thoma«, sagte Georg äußerst höflich. »Wollten Sie unseren Lehrer, Herrn Roland, besuchen?«

»Hm... eh... ja, richtig. Er wohnt doch hier?« stammelte Wilder.

»Wollen Sie sich etwa auch nach den Papieren erkundigen, die Sie meinem Vater gestohlen haben?« fragte Georg weiter.

Die beiden Männer schwiegen, sie wußten, daß sie ertappt worden waren. Wilder öffnete den Mund nach einer kurzen Pause.

»Wo ist Roland? Wir wollen sofort zu ihm.«

»Sollen wir diese Männer zu Herrn Roland führen?« fragte Julius und blinzelte Georg zu. »Es ist zwar etwas spät am Abend, aber ich glaube, er würde sich sehr freuen, sie zu sehen. Vielleicht will er sich sogar malen lassen.«

»Ja«, sagte Onkel Quentin. »Führ sie nach oben. Tim, geh mit.«

Die beiden Männer gingen hinter Julius nach oben. Tim blieb ihnen dicht auf den Fersen, und sobald einer zögerte, schnappte er nach seinem Hosenbein. Georg kam auch mit und grinste. Sie gab Julius den Schlüssel. Er schloß die Tür auf, und die Männer betraten den Raum gerade in dem Augenblick, als Julius das Licht einschaltete. Herr Roland war wach und stieß einen überraschten Schrei aus, als er seine Freunde erblickte.

Bevor sie auch nur ein Wort sagen konnten, hatte Julius

die Tür wieder abgeschlossen und Georg den Schlüssel zugeworfen.

»Ein netter Sack voll Gefangener«, sagte er. »Wir werden Tim vor der Tür lassen, um sie zu bewachen.«

Sie gingen wieder zu Bett, aber für die Kinder war es unmöglich, gleich wieder einzuschlafen.

Der nächste Tag brachte für alle eine große Überraschung. Die Polizei war da! Die Polizisten hatten sich mit Skiern tapfer durch den Schnee gekämpft, um sich die Gefangenen anzusehen. Alle Hausbewohner wurden vernommen, und vor allem die Kinder mußten alles noch einmal genau berichten.

»Wir können die Männer leider nicht mitnehmen«, sagte der Inspektor. »Wir werden ihnen Handschellen anlegen, damit sie auf keine schlechten Gedanken kommen. Halten Sie außerdem die Tür verschlossen und lassen Sie den Hund davor. Die Gauner sind dann für einige Tage sicher untergebracht.«

Nach zwei Tagen wehte ein warmer Wind vom Meer, und der Schnee schmolz schnell. Die Polizei erschien und nahm Herrn Roland und seine beiden Kumpane fest. Die Kinder begleiteten sie bis ans Tor.

»Aus ist's mit Unterricht für den Rest der Ferien!« rief Anne fröhlich.

»Und Tim wird auch nicht mehr ausgesperrt!« jubelte Georg.

»Du hast recht gehabt, Georg«, gab Julius zu. »Du hast ihn von Anfang an nicht ausstehen können, nicht wahr? Du und Tim, ihr habt den richtigen Riecher gehabt.«

Jetzt überall im Handel!

Lesen, Hören, Sehen

Alle Abenteuer der Fünf Freunde gibt es auch als Hörspielcassetten und auf Video.

EUROPA BMG VIDEO

Fünf Freunde fotografieren mit
FUJICOLOR QuickSnap
FUJICOLOR QuickSnap
24+3 EXP.
FUJIFILM
... für lustige Schnappschüsse und viel Fotospaß
FUJIFILM
I&I–Imaging & Information